휴일을 파는 사람들

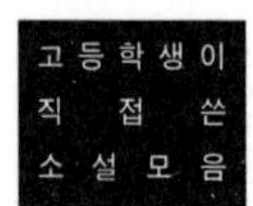

휴일을 파는 사람들

2020년 3월 30일 제1판 제1쇄 발행

엮은이 조재도
지은이 한아름, 김승완, 정민석, 이교진, 김지영, 전진수, 윤정원, 이수련, ㅇㅇㅇ
펴낸이 강봉구

펴낸곳 작은숲출판사
등록번호 제406-2013-000081호
주소 413-120 경기도 파주시 신촌로 21-30(신촌동)
전화 070-4067-8560
팩스 0505-499-8560

홈페이지 http://cafe.daum.net/littlef2010
이메일 littlef2010@daum.net

ISBN 979-11-6035-086-9 43810
값은 뒤표지에 있습니다.

고 등 학 생 이
직 접 쓴
소 설 모 음

휴일을 파는 사람들

조재도 엮음

작은숲

차례

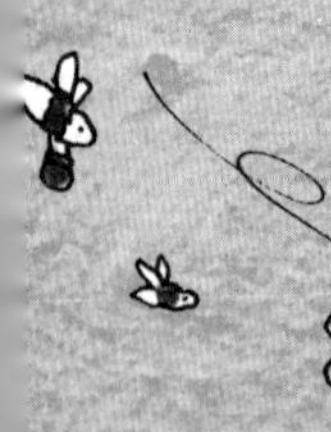

머리말

고등학생 소설집을 펴내며

여기 실린 글들은 2004년부터 2009년까지 5년여 동안 충남과 전남 지역을 중심으로 고등학생들이 쓴 소설입니다. 그 당시 충남에서는 『미루』, 전남에서는 『상티르』라는 청소년 문예지가 발간되었는데, 그 책에 발표된 글 가운데 고등학생 소설만 따로 모아 묶은 것입니다. 그리고 그 밖에 전남 순천지역 문예 동아리 학생들의 작품도 포함되어 있는데, 그때 글을 모아주신 해남의 김경윤 시인, 순천의 한상준 소설가에게 깊은 감사의 말을 전합니다.

이제 우리나라에서도 청소년 소설 하면 낯설지 않습니다. 청소년 소설은 아동에서 성인으로 가는 인생의 과도기에 처한 청소년(흔히 14세~20세)을 대상으로 어른들이 쓰는 소설인데, 여러 우려가 있음에도 소설의 질적인 면에서나 상업적(대중적)인 면에서나 문학의 한 영역으로 자리 잡았다 할 수 있겠습니다.

1990년대 청소년 문학이란 말이 등장한 이후 지난 20여 년 동안 많은 청소년 소설이 발표되었습니다. 뜻이 있는 출판사마다 앞다투어 청소년 소설을 제작하여 학교 도서관이라는 공간을 매개로 청소년 독자들을 찾았습니다. 처음엔 소설이 그리고 요즘엔 거기에 시까지 가세하여 이른바 '청소년 시'라는 이름으로 청소년 문학의 영역을 넓혀 가고 있습니다.

그러나 청소년 소설이든 시이든 기성작가인 어른들이 썼다는 점에서, 그리고 청소년 문학의 생산, 출판, 판매의 과정 자체가 출판사의 상업적 요구에서 완전히 자유로울 수 없다는 점에서, 많은 부분이 '어른들의 작업'을 벗어나지 못하는 면이 있었습니다.

그런 점에서 이 책의 의미가 크다고 할 수 있겠습니다. 여기 실린 글 하나하나는 바로 고등학생들이 직접 쓴 '그들만의 이야기'라는 점에서 말입니다. 고등학생들이 소설을 썼다? 이에 대해 고개를 갸웃거리거나, 걔들이 쓰면 얼마나 쓰겠어?, 하며 콧방귀를 뀌는 사람이 있을지 모릅니다. 그런 사람에게 내가 하고 싶은 말은, 우선 한 번 작품을 읽어 보라는 것입니다.

이 책에는 다음과 같은 9편의 소설이 실려 있습니다.

● 휴일을 파는 사람들　출세나 성공하기 위해 휴일을 파는 사람들 이야기.

● 속죄　5 · 18 민주화운동 당시 고등학생으로 시위에 참여하여 형을 잃은 주인공과 시위 진압군으로 광주에 배치된 A가 '속죄'를 매개로 40년 전 항쟁 당시를 기억하여 떠올림.

● 밀실　현대인의 비루한 삶과 허위의식을 5개의 단막극 같은 이야기에 담아 보여 줌.

● Right Hook　천사동(달동네)에 살면서 예고에 다니는 주인공이 엄마에 대한 반항심으로 권투를 하게 되어, 미술대회가 있던 날 권투시합에 나가 참피언을 도발해 시합에서 이김.

● 반창고　재혼하려는 아빠와 재혼녀 사이에서 겪는 나의 갈등.

● 봄이 오는 소리　교실에서의 도난 사건들 소재로 주인공이 여고 시절에 겪었던 이야기.

● 잠　지루한 학교 교실에서 끝없이 쏟아지는 잠을 통해 죽음에 대한 무의식적 갈망을 표현.

● 삐로삐로 사람들　삐로삐로 별에 사는 노팅겔 씨가 해바라기 꽃 가게를 하는 메리에게 사랑을 느껴 벌어지는 여러 일들을 재치 있게 그려냄.

● 폐어(肺漁)　물이 흐려져 살 수 없으면 뭍으로 기어올라 다시 물에 들어가 헤엄칠 날을 기다리며 폐로 호흡하는 물고기를 나에 비유한 이야기.

이야기의 전개가 자연스럽지 못하다거나, 유아적 상상력이 그대로 드러난다거나, 영화나 게임 만화의 영향이 걸러지지 않고 묻어나는 문제가 있긴 하지만, 기발한 상상력과 호기심을 바탕으로 한, 세상을 향한 그들만의 '작은 언어'에 글을 읽는 누구든 가슴이 설레지 않을 수 없습니다.

그럼 그들의 이야기의 바탕이 되는 번뜩이는 상상력은 어디에서 오는 걸까요? 이 점에 대해 나는 세 가지로 말할 수 있습니다. 하나는 청소년기 이루어지는 신체 발달 특히 뇌의 발달과, 공부와 입시 스트레스에서도 자기 길(표현의 길)을 찾고자 하는 내적 열망, 그리고 하나는 스마트폰의 발달로 인한 그야말로 '스마트'해진 그들만의 감각과 감성 말입니다.

사람의 뇌는 흔히 청소년기에 폭발적으로 발달한다고 합니다. 인간은 태어날 때 2천억 개의 뇌세포를 갖고 태어나는데, 그 뇌세포가 일반적으로 청소년기에 '가지치기'가 이루어져 1천억 개 정도가 남는다고 해요. 그러면서 인간의 인식은 이 시기에 들어 가설적, 과학적, 추상적, 체계적, 명제적 등의 여러 분야로 확장되고, 언어에 대한 관심과 능력이 비약적으로 증가한다고 합니다. 이러한 뇌 발달에 힘입어 상상력 또한 폭발적으로 확대되어 자기가 사는 현실 세계를 자기만의 눈으로 보고 그것을 작품으로 표현할 수 있습니다. 또 이 책에 실린 소설들이 학내 동아리 활동이나 지역 문예지에 실린 글이라는 점에서 거의 대부분이 제도교육 속에서 공인되지 않은 자기만의 창작 열정에서 비롯되었음을 알 수 있습니다.

이 책에 실린 작품을 쓴 학생들은 아마 지금쯤 모두 성인이 되어 각자가 처한 사회에서 열심히 삶을 살고 있을 겁니다. 10년 15년 전에 고등학생이었으니까요. 하여 이 책을 엮으면서 필자 개개인과 연락할 길이 없어 수록 사실을 알리지 못했습니다. 혹 어떤 계기로 이 책을 보고 연락해오면 기쁜 마음으로 끌어안고 후사하겠습니다.

아울러 이 책이 오늘날의 청소년과 어른들에게 어떻게 읽힐지 자못 궁금합니다. 왜냐하면 여기 실린 작품들이 학교생활, 친구, 성적, 가정 문제, 왕따, 이성 문제 같은 청소년들이 일상에서 겪는 이야기를 중심으로 하기보다는, 우리 사회에서 일어나고 있는 묵직한 사회문제에 더 초점을 맞춰 쓴 것들이 많기 때문입니다. 다시 말해 고등학생으로서 천방지축으로 활달하고, 거침없이 발랄한 '아이들다움'은 좀 약해 보이지만, 대신 묵직한 사회문제를 그들만의 시선과 감각으로 그려내고 있다는 것입니다.

내일의 주인이 될 청소년들을 위해 예쁘게 책을 만들어주신 작은숲 출판사에게 깊이 감사를 드리며, 자기만의 풋풋한 시선으로 우리 사회에서 일어나는 여러 문제들을 소설로 담아 보여준 고등학생 필자 여러분에게 고마움을 전합니다.

2020. 3.

조재도 시인, 아동청소년문학 작가

휴일을 파는 사람들

한아름 | 고3

깨끗한 교복에서 라벤더 향이 은은하다. 붉은 색 다리미에는 아직 일요일 오후의 햇살이 바짝 익어가고 있다. 나는 콘센트에 꽂혀 있는 플러그를 엄지와 집게손가락으로 빼어낸다. 내 팽개친 플러그가 힘없이 거실 바닥으로 떨어진다. 나는 그대로 부엌으로 향한다.

부엌에 있는 것들이라곤 중고 가스레인지, 작은 싱크대와 그 안에 있는 찬 통 몇 개, 밥그릇 국그릇 하나, 숟가락 젓가락 한 쌍이 전부다. 그리고 내가 가장 아끼는 소형 냉장고는 2년 반 동안 자취생활을 하는 내겐 꽤 소중한 물건이다. 냉장고 문에는 자장면 배달, 통닭 집 광고들 대신 섬에 사는 가족사진이 붙어있다. 학교를 마치고 집에 오면 12시가 훌쩍 넘는 고등학생 생활에 냉장고는 사치스러운 것이다. 하지만 부모님은 굳이 필요 없다며 고개를 설레설레 저어대는 내게 좋아하는 아이스크림 두 통과, 이 냉장고를 사놓으셨다.

냉장고 안에서 어젯밤 사다 놓은 바닐라맛 아이스크림을 빼어

들었다. 책상 위에 쌓인 언어영력 문제집, 수학의 정석, 반쯤 하다만 신문 스크랩들이 어지럽다. 고3이 되어 달라지는 것이 있다면 당연 휴일을 이런 문제집들에게 투자해야 한다는 것이다. 수능 날짜가 가까워지는 만큼 이런 것들과 나는 급속도로 가까워져야 한다. 하지만 아직까지도 문제집 위에 놓여진 바닐라 아이스크림과 더 가까운 나다.

의자에 푹 주저앉은 내 등이 곡선을 그린다. 내일 보는 모의고사 공부를 하기 위해 비문학 문제집을 펴들었다. 전용훈의 '나비는 장자의 꿈을 꾸지 못한다.'라고 쓰여 있는 굵은 제목이 보인다. 습관대로 손가락을 이용해 글을 훑어본다. 내 시선과 손가락은 열아홉 번째 줄에서 멈춰진다. '나비는 잠을 잔다고도 할 수 없으며, 꿈을 꾼다는 것은 더욱 불가능한 일이다.' 줄을 긋기 위해 검은색 샤프를 든다. 문제집 위의 샤프는 고장이 났는지 자꾸만 삐걱거린다. 다른 샤프를 찾기 위해 가방을 열자, 눈을 끄는 것은 필통이 아니라 몇 일전 사다놓은, 동생에게 보낼 동화집이었다. 섬에서는 마땅한 서점이 없기 때문에 필요하다고 생각되는 것들은 주로 사서 보내곤 한다. 동화집은 보통 책들과는 달리 표지가 굉장히 이목을 끈다. 그림이 예쁘게 그려져 있기 때문이 아니라, 색채들이 어린이들을 위해 단조롭게 꾸며졌기 때문에 한눈에 잘 들어오도록 만들어졌다.

건망증은 없었지만 나는 필통 대신 동화집을 책상 위에 올려놓았다. 그리고는 습관대로 처음부터 읽지 않고, 아무 곳이나 펼친 후 중간 부분을 읽어 내려간다. 참으로 특이한 습관이다. 나는 책을 읽을 때면 처음부터 읽지 않고, 지루해 질쯤 다시 처음부터 읽는다. 문득, 오스카 와일드의 동화에 너무나 흥미로워 하고 있는 내 자신이 무척이나 낯설어 보인다. 어릴 적, 섬에 사는 꼬마 아이가 외국 동화집을 읽는 것이란 무척 생소한 일이었다. 하지만 동산에서 비료 부대를 타고 신나게 노는 일이 가장 어울렸던 터라 지금 나의 행동은 별 이상이 없다고 생각했다.

내가 펼쳐든 쪽에는 '이기적인 거인'이라는 제목의 동화가 있었다.

참 마음에 드는 제목이라고 생각했고, 계속해서 글을 읽어 내려갔다.

일요일 오후의 햇볕은 여름을 모두 흡수해 내 눈꺼풀을 너무도 나른하게 만들었다.

그는 아주 이기적인 거인이었다.

불쌍한 아이들은 이제 아무데도 놀 데가 없었다. 아이들은 길에서 놀려고도 했다.

그러나 길은 너무 지저분했고, 돌멩이가 가득 있었다. 아이들은 그곳을 좋아하지 않았다. 그들은 학교를 마치고는 높은 담 주변을 돌아다니면서 그 안의 아름다운 정원을 이야기하곤 했다.

"정원에서 마음껏 뛰어 놀 때는 참 행복했었는데…." 그들은 서로 서로 말했다.

*

나는 거리를 지나가다 눈에 띄는 가게를 발견했다. 가게 안에는 사람들이 제법 많았다. 그들은 모두 줄을 서서 무언가를 지불하고 작은 표 한 장을 받고 있었다. 가장 맨 앞에 있는 한 남자는 검은색 표를 받고 무척이나 즐거워하는 표정으로 나를 바라보았다. 그리고는 정신없이 왼쪽 출구로 뛰어갔다. 그의 뒷모습은 마치 내게 '부럽지?' 하며 골리는 듯했다. 나는 궁금증이 더해져 좀 더 가까이에서 보려 다가가려 했지만 워낙 줄이 긴 탓에 엄두가 나지 않았다. 요즘 흥행하는 영화표일까 생각한 나는, 정작 요즘 어떤 영화가 개봉하는지조차 모르고 있었다. 그러고 보니 영화를 마지막으로 본 기억이 고2 여름방학 때, 생일날이었던 것 같다. 그 이후로 학원이다 자율학습이다 해서 영화 포스터도 마음껏 보지 못하게 되었다.

여자인 듯한 두 번째 사람 또한 표를 받았다. 그 사람도 좀 전에 사람과 같이 출구 쪽으로 걸음을 옮겼다. 나는 더 이상 궁금증을 참기 힘들다는 표정으로 그 사람에게 달려갔다. 그리고 조금은 강한 어투로 말을 걸었다.

"저기요!"

그녀가 뒤를 돌아보자, 학생이라는 것을 금세 알아차릴 수 있었다. 그리고 아이는 첫 번째 사람과는 달리 검은색 표 대신 빨간색 표를 손에 쥐고 있었다. 아이는 조금은 슬픈 얼굴 기색이었다.

“누구세요?”

편안하고 낮은 목소리라서 그랬는지, 나는 차분한 마음이 들었다.

“미안하지만, 궁금한 것이 있어서….”

“아, 어떤 거죠?”

“실례가 되지 않는다면, 그 표가 무엇인지 물어봐도 될까요? 무엇이길래 사람들이 이렇게 줄을 서서 기다리는 거죠?”

“휴일을 팔기 위해 이 가게에 온 것이 아닌가요?”

“휴일? 휴일이라뇨. 휴일을 어떻게 판다는 거예요? 그것은 물품이 아니잖아요.”

“굉장히 농담을 잘하시네요. 저는 지금 무척 바빠요. 물론 그런 농담을 들어줄 시간도 없구요. 지금 이렇게 길게 말하는 것도 계약상 위반이 될 수 있다는 것 모르세요?”

“계약? 나와 말하는 것이 위반인가요?”

“답답하군요. 외계에서 오셨나요? 궁금하시면 줄 서 있는 사람들에게 물어보세요! 저는 이만 가봐야겠어요.”

그 아이는 알 수 없는 말들을 하고 처음과는 달리 퉁명스러운 표정을 하고 사라졌다. 그 아이의 뒷모습을 보자, 금방이라도 깨져버릴 것 같은 거울이 연상되었다. 내 궁금증과 답답함은 커지기만 했다. 나는 그 아이가 한 말대로 줄 서 있는 한 중년 남자에게 다가갔다.

"아저씨, 하나 여쭤봐도 될까요?"

중년 남자는 겨자 색 외투를 입은 선한 인상을 가진 이였다. 하지만 그는 매우 급한 표정을 하고 발을 동동 구르며 시계를 계속 쳐다보는 것을 멈추지 않았다.

"무엇을?"

"구입하시려는 것이 영화 티켓인가요?"

"하하, 아가씨 영화티켓 같은 건 팔지 않아. 영화 티켓이라면 어디서든 흔하게 널려 있는데 왜 그런 걸 사지? 그런 것들은 휴일이 많은 사람들에게나 필요한 것이지. 나 같은 가난뱅이에겐 필요하지 않아."

나는 이해할 수 없었지만 되도록 차분해지려 노력했다.

"아까 표를 구입한 여학생이 휴일을 판다고 했어요. 그건 무슨 말이지요?"

"아가씨는 어디서 왔지?"

갑자기 그는 당황하는 눈살을 찌푸리며, 내게 말의 요지와는 상관없는 것을 물었다.

"네? 저는 이곳에 혼자 살아요. 부모님은 멀리 계시고, 학교도 다니는 걸요?"

"아, 학생인가? 학생은 광고지나 텔레비전은 통 보지 않는가 보군?"

"혼자 사니까 텔레비전은 제게 사치예요. 그리고 이젠 전 고 3이라 공부를 해야 하니까요."

"아, 그렇군. 그럼 친구들에게 전해 들은 것도 없고?"

"친구들과 얘기할 시간은 없어요. 모두들 정신없이 공부하기 때문에 말을 잘 하지 않는 편이죠. 그리고 얘기를 한다면, 대학 얘기밖에 하지 않아요."

"아, 그럼 그들 모두 휴일을 판 모양이군? 요즘은 학생들이 더 난리니 원."

그는 끝말을 흐렸다.

"휴일을 팔다니요? 아까부터 잘 이해가 가지 않아요."

그는 눈을 한번 감았다 뜨더니 마치 선생님 같은 표정을 하며 내게 설명했다. 뿔테 안경이 없는 것이 안타까울 정도였다. 그는 헛기침을 몇 번 하더니 입을 열었다. 고르지 못한 치아들이 딱딱 소리를 내며 부딪쳤다.

"음. 이곳은 휴일을 파는 곳이라네. 한 번 판 휴일 기간은 다시 되돌려 받을 수 없어. 휴일을 팔면 개인적으로 하고 싶은 일을 해서는 안 돼. 그리고 다른 상대와 꼭 필요한 말만 해야 하지. 그 외에 다른 말을 너무 많이 하면 휴일을 판 대가를 받을 수 없게 되는 거야. 물론 휴일이 돌아오는 것도 아니지만, 어려워도 사람들이 많이 구매하는 것 중에 하나야. 그리고 휴일을 팔게 되면 3일 뒤에 소포가 하나 배달되지. 그 소포 안에는 책처럼 보이는 장부가 하나 들어있는데 색깔은 두 종류라고 들었네. 자신이 받은 표의 색과 동일할 걸세 아마. 장부에는 자신이 판 휴일의 날짜들이 절대 지워지지 않는 특수 펜으로 새겨져 있는데, 그 날

짜들 옆에는 하루 종일 해야 할 일들이 적혀져 있어. 자신이 해야 할 일들을 하지 않고 쉰다거나 필요 없는 말들을 한다거나, 깜빡 졸게 된다면 장부에 그 날 할 일이 하나 더 늘어나게 되지. 밀려서는 절대 안되네. 아, 그리고 장부에는 자물쇠가 있는데 열기 위해서는 자신이 받은 표의 번호를 입력해야 열 수 있다네. 자신이 그 장부에 기록할 수 있는 것들이라곤 단지 끝낸 일에 가위표를 하는 것뿐이지."

이해할 수 없는 말들이 나열되었지만, 나는 아까보다는 수긍하는 자세를 취하고 다음 말을 기대했다.

"표의 색은 자신이 휴일을 파는 이유에 따라 나눠지지. 빨간색과 검은색이 있는데, 검은색을 받은 사람은 휴일을 파는 이유가 오로지 자기 충족을 위해서이지만 빨간색을 받는 사람들은 자신이 아닌 가족이나, 타인을 위해 파는 사람들이네. 휴일을 파는 사람들은 대부분 나처럼 궁핍하거나, 무엇이 절실히 필요하지만 실력이 없는 사람들이야. 하지만 요즘은 실력을 충분히 가진 이들도 구입을 하더군."

"휴일을 팔면 무엇을 얻죠?"

"대충 이런 것들이지. 자기가 가고 싶은 대학이나 미래가 보장되어 있는 직업 같은 것들."

"그럼 아저씨는 무엇을 얻으려하죠?"

"나야 직업이지. 요즘은 허리가 좋지 않아 막노동도 못해 먹겠어. 아 내가 고향에 가서 가져온 허리에 좋다는 오갈피술도 먹어

봤지만 아무 짝에도 소용이 없었어! 그래서 편안한 일자리를 얻으려 온 거야. 난 학벌도, 돈도 없으니까 말이지. 물론 이것은 자랑은 아니지만 말이야. 그리고 하루 빨리 내 아들의 대학 입학금을 내야 하거든!"

그는 약간 흥분하여 콧구멍이 커지고, 얼굴색이 홍조를 띤 상태였다. 나는 머리속보다 마음속이 더 복잡해짐을 느꼈다.

"그럼, 한쪽으로 대학이나 직업이 몰리게 되면 그건 어쩌죠?"

"그야 물론 선착순이지. 제한이 있어 이것도. 모든 것은 제한이 있지. 인생은 그런 것이야. 그래서 사람들은 더 빨리 빨리 이곳에 모여드는 게지. 빨리 티켓을 구입하는 순서대로 서열이 결정되니까. 난 꼭두새벽에 왔는데도 오후까지 기다리는 걸 보면 좋은 직장은 그른 듯 싶어."

그는 가벼운 한숨을 쉬었다.

"요즘은 참 이상한 것도 사고 파네요. 휴일이 없고, 사람들과 대화도 하지 못하면 답답해서 어떻게 산다는 거죠?"

"답답하고 바쁜 걸 감수해야 원하는 것을 갖는 세상이야. 학생도 구입할 생각이 있거든 어서 어서 줄을 서."

나는 잠시 혼돈이 왔다. 머릿속에서는 노랗고 희뿌연 세포들이 질서없이 돌아가는 것 같았다.

"귀찮은 제 물음에 답해 주신 거 감사해요."

"아닐세, 고맙긴. 자네는 줄을 설 생각인가?"

나는 잠시 말을 주춤했다. 그러나 잠시 생각을 하고 큰 소리로 말하였다. 초등학교 5학년 때 처음으로 받아본 선행상을 받았을 때의 느낌처럼 가슴 아래에서 위까지 뜨거운 무언가가 올라오는 듯 했다.

"아, 저는 좋은 대학은 가고 싶지만 사양할래요. 휴일을 판다면 아무래도 후회할 것 같거든요. 저는 멀리 있는 부모님과 통화도 해야 하고, 또 친구들과 재미있는 이야기도 해야 하고, 또 아이스크림도 먹어야 하거든요!"

"참 보기 드문 학생이군. 하하"

그는 통쾌한 웃음을 터트렸다.

"그런가요? 휴일을 팔면 아이들과 대화하는 시간이 없어질 텐데, 그렇게 돼도 좋으세요?"

"요즘 뭐 누가 자식들하고 이야기다운 이야기를 하기나 하나? 자식들도 자기 일에 바빠서 부모에게 신경 쓰지 않아. 왈짜 자식들!"

"얻고 싶은 걸 얻고 나면 사람들은 행복해 하나요?"

"글세…, 내 친구 하나는 몇 년 동안 휴일을 팔고 대기업 사장이 되었다지? 하지만 대기업 사장이 된 이후로 이혼을 하고, 사람들과 어울릴 수 없게 되었어. 음…, 그게 뭐였더라? 아! 그래, 대인관계 기피증인가 하는 병도 생겨서 지금은 정신과 치료를 받고 있다고 하더구만. 말도 잘 못하고, 웃음도 잃었지. 참 불쌍한 사람이야."

그는 혀를 찼다.

나는 고개를 들어, 줄을 선 사람들을 차례로 쳐다보았다. 그들 모두는 붉게 충혈된 옴팡눈을 하고 있다. 갑자기 마음이 휑해지고 금방이라도 바람이 훅 하고 들어와 뱅글뱅글 휘돌아 지나칠 것 같았다.

"아저씨도 불행해질 수 있잖아요."

"아니. 그렇게 되지 않을 걸세. 나는 그렇게 어리석지 않아. 그런 일은 흔하지 않은 부작용의 하나일 뿐이야."

"그 부작용이 아저씨에게 해당될 수 도 있지 않나요?"

"내가 부작용의 대상이 되길 원하나? 나는 그 사람처럼 바보가 아니야! 구입할 생각이 없으면 어서 가보게."

그의 입에서 침들이 빠르게 튀어나왔다. 따뜻한 인상은 줄이 짧아질수록 점차 험악해지고 말투에는 짜증이 껌처럼 쩍- 하고 달라붙어 있었다. 순간 속에서 울렁거림을 느꼈다. 현기증이 난다.

"그럼, 안녕히 계세요."

그는 내 말은 들은 척도 하지 않고 새치기를 하여 다툼을 벌이고 있었다. 나는 곧장 그 가게를 나와, 횡단보도를 건넜다.

나는 버스 정류장에 발길을 멈췄다. 시야를 넓혀 도로 위에 적나라하게 해부된 햇발과, 하늘을 가리는 빌딩들, 달려 다니는 사람들 그리고 차 안에서 클랙슨을 빽빽 울려대는 신경질적인 택시기사를 보았다. 지나다니는 버스의 몸통에는 '좋은 직업, 좋은 대학. 당신의 휴일이 결정짓습니다.'라고 박혀진 광고가 빛을 받아 번뜩이고 있다. 그리고 그 광고 표지와 함께 명문대학교 마크 옆에 선 교복을 입은 여자아이와 남자아이가 활짝 핀 꽃처럼 웃고 있다. 미소 짓는 얼굴들 위의 표정들에게서 왠지 모를 무질서가 느껴졌다. 나는 그렇게 한참이나 멍하게 서 있었다.

순간 발에 무엇인가가 떨어졌다. 나는 흠칫 놀라 한 발자국 물서 선다. 순간 아래를 쳐다보자 몸이 둥 떠있다. 입이 벌어졌다. 그리고 한없이 밑으로만 떨어진다. 급속한 공포의 속력이 추락하는 발등을 무겁게 누른다. 눈을 감았다. 눈꺼풀이 다시 올라간다. 흐릿하다. 아무 것도 보이지 않는다. 까만 밤이다.

*

오랜만에 깊게 든 잠이었다. 몽롱한 정신의 소용돌이 속에서 나오기 위해 발버둥을 쳤다. 그것은 단지 꿈에 불과했다. 그래. 현실과 구분되지 않는 꿈.

눈을 뜬 나는 주위를 둘러본다. 일어남과 동시에 책상을 짓누르던 갈비뼈와 팔꿈치에 심한 통증이 가해진다. 그리고 한쪽 광대뼈에 달라붙어 있던 동화책이 보인다. 다행히 침은 흘리지 않았나 보다. 나는 형광등을 켜기 위해 의자에서 일어난다. 허리뼈와 꼬리뼈가 마치 잘못 맞춘 퍼즐 조각처럼 어긋남을 느낀다. 발등 위에는 '모의고사유형지'라고 쓰여진 두꺼운 학습지가 떨어져 있다. 순간 스산한 소름이 돋는다. 발등 위에 있던 학습지가 방

바닥 위로 떨어진다.

각막이 갑자기 들어온 환한 빛에 적응하지 못하고 자꾸만 어둠을 찾으려 깜빡인다. 그것도 잠시. 각막을 잡고 있던 홍채와 수정체가 '이젠 괜찮아'라고 속삭인다. 그제야 망막 황반부가 빛의 초점을 잡아준다. 책상 위에는 바닐라 아이스크림이 그대로 놓여 있다. 시간이 얼마나 지났는지 아이스크림은 이제 딱딱했던 모습을 감추고 느슨하게 녹아 있다. 나는 시계를 본다. 11:10. 초침이 빠르게 지나간다.

나는 베란다로 향한다. 이제 바람과 별들의 시간이다. 오후와는 달리 시원한 바람이 내 짧은 머리카락 사이사이로 들어와 원무를 춘다. 창 밖의 사람들이 보인다. 그들은 막차에서 하나 둘 내리거나, 무표정으로 빠르게 걷는다. 그리고 리어카를 끄는 한 할머니의 쳐진 견갑골이 보인다.

'저들은 휴일을 팔아버린 사람들일지도 몰라.'

나는 아직도 꿈에서 깨지 않았을지도 모른다는 생각이 든다.

창문을 닫고 책상 위에 있는 바닐라 아이스크림을 쳐다본다. 통 안에 든 플라스틱 수저는 노랗게 물들어 있다. 그것을 입안으로 넣는다. 달콤하다. 따뜻함이 맴돌다 목안으로 미끄러지듯 넘어간다. 책상 위에 그대로 펼쳐진 '이기적인 거인'은 여지없이 나에게서 주목을 받는다.

책 속의 거인은 아이들에게서 아름다운 정원을 빼앗아 간다. 그는 신의 응징처럼 봄을 빼앗기고, 늘 시린 겨울을 바라보며 자신의 꽁꽁 얼어버린 차가웠던 마음을 반성한다. 그리고 다시 어린 아이들을 아름다운 정원으로 불러들인다. 이윽고 그는 봄만이 아닌, 그 이상의 따뜻함을 되찾는다. 결말은 해피엔딩이었지만 마지막 거인의 죽음으로 뭉클한 동정심이 마음을 맴돌았다. 그리고 동화 속의 거인과, 아이들. 아름다운 정원이 좀 전에 꾸었던 꿈과 하나로 겹쳐져 나를 흔들었다.

베란다 넘어 휴일이란 개념 없이 살아가는 사람들은 아름다운 정원에 피어 있는 꽃 한 송이 이름조차 모른다. 그들은 돌멩이들로 가득한 거친 도로에서 방황하는 시인처럼 걸음들이 외로웠다.

'띠리리- 띠리리리' 핸드폰이 울린다. 약간 긁힌 흔적이 있는 액정에는 '우리 집'이라고 쓰여진 까만 글씨가 떠있다. 거울에 비친 내 얼굴에 자연스러운 웃음과, 살짝 올라간 입 꼬리 위로 보조개가 작게 패였다. 왼손으로 플립을 연다. 엄마의 고운 목소리가 들린다. 나는 이 고운 목소리와 오랜만에 몇 시간 남지 않은 휴일을 느낄 참이다. 그 후에는, 책상 위에 차곡차곡 쌓여진 문제집들에게 얽매이지 않고 오스카 와일드에게 말을 걸어야겠다.

플립이 닫힌다. 나는 휴일을 읽으러 간다.

*

'띠리리- 띠리리리' 핸드폰이 울린다. 약간 긁힌 흔적이 있는 액정에는 '11:10/알람'이라고 씌어진 까만 글씨가 떠 있다. 잠에서 깬 얼굴이 책상 옆에 걸려진 거울에 비친다. 긁어서 빨갛게 덧난 여드름과 작은 잡티들까지 모두 뚜렷하다. 나는 시끄럽게 울려대는 핸드폰 알람소리에 플립을 열었다 닫는다. 책상에는 공식으로 몸을 둘둘 말아놓은 수학 문제가 나를 여태껏 기다리고 있었다.

발등에 자꾸만 무언가가 걸린다. 의자 아래쪽을 향해 내려 보자, 갈기갈기 찢겨진 갈색 포장지 속에 놓여 있는 소포 상자 위로 빨간색 수첩이 보인다. 빨간색 수첩을 들어 책상 위에 놓는다. 손가락으로 꾹꾹 누른 자물쇠 번호는 12756322번. 빨간 수첩 20쪽. 그곳에 적혀 있는 글은 내 수면을 단축시킨다.

'오늘의 벌점 : 7월4일 일요일 오후에 졸음. 새벽 03시까지 수학문제 모두 풀고, 외국어 영역 종합편 50쪽까지 추가.'

나는 빨간 수첩을 하염없이 쳐다보다, 마음속으로 끊임없이 물음표들을 상기시킨다.

'아직도 나는, 꿈, 속인가?'

거인이 우리들에게 정원의 아름다운 황금색 문을 열 것인지, 혹은 열었는지도 아직도 의문이다.

속죄

김승완 | 고2

"5 · 18 기념 공원으로 가 주십시오."

나는 아직도 기억한다. 아니, 잊지 못한다. 40년이 지났지만 지금도 그때를 생각하면 어제 일어난 일인 것처럼 느껴진다. 내 친구들과 형을 빼앗아 가버린 그 날. 내 모든 것을 바꿔 버린 그 날.

"도착했습니다."

택시에서 내려 건물 안으로 들어가니 동상과 검은 벽이 나를 맞이해 준다. 검은 벽에는 몇몇 눈에 띄는 이름이 있다. 그 중 형의 이름이 보인다. 그 이름들을, 형의 이름을 마음속으로 크게 부른다. 더 크게 부를수록 눈물이 흐를 뿐 메아리가 들려오지 않는다. 미안한 마음에, 고마운 마음에 눈물이 더 세차게 흐른다. 슬픔이 분노로 바뀌어 간다. 형의 오른쪽 가슴 깊숙이 차가운 총알을 그 들, 굳은 표정으로 방아쇠를 당긴 그들을 용서할 수가 없다. 눈을 감자 그 때의 기억이 하나 둘 피어오른다. 너무나 고통스러운 기억이기에 생각하지 않으려 애를 쓰지만 어느새 기억은

걷잡을 수 없을 만큼 커졌다.

5·18 기념 공원으로 가는 발걸음이 무겁다. 고개도 들지 못할 정도로 죄책감이 나를 무겁게 누르고 있다. 나는 매년 그들에게 용서를 받기 위해 이곳에 들렀다. 하지만 매년 그들은 나의 용서에 대답이 없었다. 내게 돌아오는 건 더 큰 죄책감일 뿐이었다. 죄책감을 언젠가는 덜어 버릴 수 있을 거라는 작은 기대 때문에 오는 것이다.

건물에 들어가니 죄책감이 더욱 커져만 간다. 검은 벽에 새겨진 수많은 이름들은 내가 쏜 총알이 되어 내 가슴에 꽂혔다. 그 소년 생각이 났다. 형을 끌어안고 대성통곡을 하던 그 소년. 내가 매년 이곳에 오는 이유도 그 때문인지 모르겠다. 그에게 용서를 받기 위해. 그 소년은 알고 있을까? 내가 매년 이곳에 용서를 받기 위해 찾는다는 것을.

그 소년의 모습이 잊혀 지지 않는다. 그가 울며 소리치던 그때의 그 음성이 들리는 것 같다.

유난히 화사한 아침, 기분이 마냥 좋았다. 따스한 햇살이 내 피부에 스칠 때면 내 몸 속의 응어리들이 다 녹는 느낌이었다. 그런 햇살을 받은 길가에 핀 파릇파릇한 꽃들도 나를 향해 기분 좋다며 인사 하는 것 같았다. 가게 앞에서 신나게 돌아다니는 꼬마 아이들도 기분이 좋은 것 같았다. 길을 건너고 있는 저 누나도, 학교 다녀오겠다고 말하며 대문을 나서는 중학생 남자 아이도 기분이 좋은 것 같았다. 길을 건너고 있는 저 누나도, 학교 다녀오겠다고 말하며 대문을 나서는 중학생 남자 아이도 기분이 좋은 것 같았다. 따뜻한 햇살만으로도 기분이 좋아지는 아침이었다.

좋은 기분으로 학교에 가는 중 인파가 모여 웅성웅성 하는 소리가 옆에서 들린다. 며칠 전 길거리에 나서 시위하는 그런 인파인줄 알았다. 하지만 못 보던 군인들이 있었다. 자세히 지켜보니 군인들이 등교하고 있는 대학생 형들을 막고 있는 것이었다. 좀 더 지켜보기 위해 가까이 가봤다. 퍽, 퍽, 그곳에서는 끔찍한 광경이 펼쳐지고 있었다. 군인들이 대학생 형들을 곤봉으로 내리치고 있었다. 군인들은 입을 꾹 다문 채 무표정으로 때리고 있었다. 으악... 으윽... 사방에서 비명 소리가 들려왔다. 한 대, 한 대 내려칠 때마다 비명 소리는 더해 갔고 피는 사방으로 퍼졌다. 이런 광경을 처음 본 나는 무서워서 골목으로 도망쳤다. 쫓아오는 군인들은 없었지만 골목에서 퍼지는 비명소리는 끔찍했다.

조금 비명 소리가 수그러들고 마음을 추스르자 갑자기 누군가가 생각이 났다. 우리 형. 형은 안전 할까? 형도 저렇게 된 건 아닐까? 급한 마음에 다시 대학교 정문 쪽으로 가서 자세히 살펴보았지만 형의 흔적은 보이지 않았다.

학교가 끝난 후 곧장 집으로 달려갔다. 집에는 형이 보이지 않았다. 형이 다친 곳 없이 집에 돌아오기를 간절히 빌었다. 누군가의 생사를 확인하기를 기다리는 사람의 마음은 너무나도 고통스럽고, 불안하고, 슬펐다. 형이 군인들의 곤봉 아래 힘없이 피를 흘리는 모습이 머리속에 그려진다. 부정적인 생각은 하지 않으려 애를 써보지만 너무나 어려웠다. 형의 죽음을 맞이해야 할 수도 있다는 사실이 너무나도 두려웠다. 아직 이별을 경험하지 못한 나에게 첫 이별을 내 인생에서의 가장 소중한 사람인 형과 할 수도 있다는 생각에 눈물이 난다.

몇 시간이 지났는지 모르지만 현관문이 열리는 소리가 들렸다.

"준승아 형 왔다!"

형의 목소리가 들리자 대문으로 달려 나갔다. 형은 나를 웃는 얼굴로 맞이해 주었다. 다행히도 아주 건강한 모습으로. 다친 곳 없이 멀쩡한 상태로 걸어오는 형이 얼마나 반가운지 몰랐다. 형의 얼굴을 보니 눈물이 났다.

"짜식, 형 걱정한 거야?"

"당연하지!"

"얌마, 내가 말했잖아. 이 형 절대 안 다쳐. 걱정할 필요 없다니까."

형이 웃으며 장난치는 모습을 보니 눈물이 더욱 쏟아졌다. 형의 말대로 형이 절대로 다치지 않았으면 좋겠다. 내일도, 모레도, 평생 쭉 다치지 않았으면 좋겠다.

우리는 새벽 동이 트기 전에 수송기에 몸을 싣고 어디론가 향했다. 우리는 목적지도 알지 못했다. 맨 처음 우리는 북으로 향하는 줄 알았다. 하지만 창문으로 해가 나오는 모습을 보니 분명 우리가 가고 있는 방향의 오른쪽에서 뜨고 있었다. 비행기에서 내려 차량으로 수송되고 목적지에 와보니 그 곳은 광주였다.

이른 아침, 우리는 전남대 정문 앞으로 이동했다. 이곳에는 왜 왔는지 이해가 가지 않았다. 그리고 우리에게 내려진 명령도 이해가 가지 않았다. 한 명, 두 명 등교하던 학생들을 잡기 시작하더니 곤봉으로 학생들을 내리치기 시작했다. 학생들의 처절한 비명 소리가 들려오기 시작했다. 그리고 학생들이 공포에 휩싸인 표정을 보았다.

"빨리 가, 이 새끼야! 뭐하고 있어!"

누군가가 날 발로 찼다. 나는 어쩔 수 없이 광기의 현장으로 몸을 향했다. 하지만 가까이에서 고통스러워 하는 눈동자들을 보니 도저히 손이 움직이지 않았다. 하사가 내 앞으로 키 작은 학생을 끌고 왔다. 그리고 하사가 내 앞에 있던 그 학생을 내리치기 시작했다. 그리고 아무런 행동도 하지 않는 나를 보고 소리쳤다.

"뭐하고 있어 새끼야! 때려 잡으란 말이야!"

곤봉을 잡고 있는 오른팔이 올리고 눈을 질끈 감고 휘둘렀다. 하지만 하사의 눈에는 영 마음에 들지 않았던지 "그 정도로 될 거 같아? 더 세게 때리라고!" 라고 외쳤다.

나는 하는 수 없이 더 세게 내려쳤다. 한 대, 두 대 때리다 보니 고통 받는 학생들은 안중에 점점 없어져만 갔다. 나를 감싸고 있던 미안함과 불안함 또한 점점 사라져 갔다. 나도 모르는 사이 내가 변하고 있었다.

다음날의 등굣길은 어제만큼 기쁘지 않았다. 길거리의 사람들은 모두 다 불안한 표정을 짓고 있었다. 어제는 파릇파릇했던 꽃이 있던 자리에 오늘은 꽃 대신 핏자국이 남겨져 있었다. 그리고 가게 앞에서 신나게 뛰어 놀던 어린아이의 소리 대신 대학생 형들의 비명 소리가 퍼져 나가는 것 같았다. 다치지 않은 모습으로 돌아온 형이 생각났다. 형 오늘도 안 다쳐야 될 텐데...

학교에서도 공부는 집중이 되지 않았다. 머리속에는 형 생각뿐이었다. 반 친구들의 표정을 보니 다른 친구들도 같은 걱정을 하고 있는 듯 했다.

학교를 마치고 집에 와서 누워 있었다. 그런데 갑자기 총소리가 들리기 시작했다. 어제는 총소리는 들리지 않았었는데 오늘 처음으로 총소리가 들렸다. 무슨 일이 일어난 건지 살펴보려 밖으로 나갔다. 밖으로 나가 얼마 가지 않아 사람들이 모여 있는 것을 발견 했다. 누군가가 피를 흘리며 쓰러져 있었다. 사람들 틈을 비집고 들어가 얼굴을 자세히 보았다. 옆집에 사는 종휘 형이었다. 형이 학교를 가 있을 때면 같이 자주 놀던 종휘 형. 몇 시간 전까지만 해도 뛰어다니던 형이 이렇게 쓰러진걸 보니 믿기지 않았다. 그대로 종휘 형이 이 세상을 떠나는 건가 생각이 들었다. 그때 어떤 아저씨가 종휘 형을 안고 달려가기 시작했다. 길거리에는 붉은 물이 뚝뚝 떨어졌다. 아저씨의 셔츠도 붉은 물로 물들어 갔다. 나도 같이 달렸다.

병원에 도착하고 아저씨가 종휘 형을 침상 위에 올려놓았다. 의사 선생님이 곧바로 오시고 간호사 선생님들도 빠르게 모였다. 지혈을 하고, 총알을 빼내며 많은 시간이 지났다. 수술이 끝나고, 종휘 형을 바라보니 상태가 심각해 보였다. 나는 종휘 형을 도저히 지켜보지 못할 것 같아 병원에서 나왔다.

집으로 와보니 형이 먼저 집에서 기다리고 있었다. 형은 걱정스러운 표정으로 내게 물었다.

"어디 갔다가 이제 와?"

"형…, 종휘 형이…, 종휘 형이."

"종휘? 종휘가 왜?"

"종휘 형 총 맞았어. 병원 가니까 중상이라고 했어."

형은 아무 말도 하지 못했다. 그리고 고개를 떨구며 앉았다. 그리고 처음으로 형의 눈물을 보았다. 형은 몇 분간 그 상태로 있더니 눈물을 닦으며 고개를 들었다. 형의 표정에서 뭔가를 결심한 듯한 느낌을 볼 수 있었다.

오늘은 광주역으로 이동했다. 광주역에 도착하니 생각했던 것보다 훨씬 많은 사람들이 있어서 놀랐다. 대충 봐도 어제와는 분위기가 완전 다르다는 것을 알 수 있었다. 광주역 앞에 있는 많은 사람들은 어제처럼 그냥 일방적으로 맞기만 할 것이 아니라는 것도 알 수 있었다. 그래도 우리는 어제와 같이 그냥 보이는 대로 잡아다가 패는 그런 방식이었다.

옆에 동기 경철이가 보였다. 경철이도 충실히 명령에 이행하고 있었다. 충분히 때렸다고 생각했는지 옆에 학생을 잡으려고 했다. 그런데 경철이가 잡으려던 한 학생이 도망가기 시작했다. 경철이는 그 학생을 잡으려고 달려가기 시작했다. 경철이가 골목에 들어가 내 시야에서 사라지고 조금의 시간이 흘렀다. 갑자기 총소리가 들렸다. 무슨 일이 일어났는지 경철이에게 가보려고 경철이가 들어가려던 골목으로 가려고 했다. 그 때 경철이가 골목에서 튀어 나왔다. 경철이의 표정은 혼란 그 자체였다. 얼굴에서 심란함이 묻어 나왔다.

하던 일들을 다 정리하고 기지로 복귀했다. 나는 경철이를 만나러 갔다. 경철이에게 무슨 일이 일어났던 거냐고 묻자 경철이는 슬픈 표정으로 말했다.

"상철아… 오늘 누군가를 죽였다."

"군인이 하는 일이 그런 건데 새삼스럽게 왜 그래?"

"총을 쏘고 쓰러진 걸 확인하고 가려고 하는데, 어떤 아줌마가 쓰러진 집 옆집에서 무슨 일이 생긴 건가 궁금해서 나오더라. 나와서 얼굴을 보더니 바로 그 자리에 주저앉아 울더라. 종휘야, 종휘야! 이러면서 오열을 하는데."

경철이는 말을 잇지 못하고 울고 만다. 경철이를 달래주고 나서 자려고 누워 잠을 청했지만 잠이 잘 오지 않았다. 고통스러워하는 경철이 생각이 계속 났다.

다음날은 등굣길에 오르지 않아도 됐다. 학교에 휴교령이 내려졌다. 나는 밖에 나가면 더 끔찍한 일들을 볼 것만 같아서 집에 있기로 생각했다. 형도 같이 집에서 나랑 있으면 얼마나 좋을까 하고 형에게 말을 꺼내 보았다.

"형, 오늘은 학교도 안 가니까 그냥 집에 있으면 안 돼?"

"나도 그러고 싶은데."

"형 다치는 거 보기 싫어. 오늘은 그냥 집에 있자. 응?"

"형 절대 안 다친다고 이야기했잖아. 안심하고 집에서 쉬고 있어."

형은 분명히 어제 종휘형이 중상을 입은 것 때문에 이런다는 것을 나는 어느 정도 눈치를 챌 수 있었다. 형의 표정을 보아 아무리 말을 해도 들을 것 같지 않았다.

"형, 조심히 다녀와. 위험한 짓 하지 말고."

"알았어. 형 걱정하지 마라니까. 갔다 올게."

형은 그렇게 대문 밖으로 나갔다.

형은 저녁밥을 먹을 때 쯤 들어 왔다. 오늘도 다친 곳이 없어 보여서 다행이었다. 형은 밥을 먹으며 오늘 있었던 일들을 얘기해 주었다. 나는 이야기를 듣고 언제까지 이런 상태가 지속 될지 생각해 보았다. 하지만 도무지 계산이 안 됐다. 그냥 빨리 끝났으면 좋겠다고 생각했다. 이불 속에 들어가 내일은 어떤 일이 있을까 생각을 하며 잠이 들었다.

잠든 지 오래 되지도 않았는데 잠이 깼다. 밖에서 총소리가 들렸다. 종휘 형에서 끝나지 않고 더 많은 사람이 총에 맞아 다친다는 생각에 잠이 오지 않았다. 왠지 내일은 많은 사람이 다칠 것 같다는 불길한 예감이 들었다.

총소리에 잠이 깼다. 일어나 보니 몇몇 소대들이 자리에 없었다. 다른 사람들도 잠에서 깨었는지 많은 사람들이 일어나 있었다. 그 중 한 명에게 무슨 일이냐고 물어보니 야간 작전이라고 했다. 밤에 총소리를 울리며 무엇을 하는 것일까.

다시 이불 속으로 들어가 잠을 자려고 했다. 하지만 내일 일어날 일들에 불길한 예감을 느껴서 잠을 자지 못했다.

아침이 밝아오고, 학교를 가지 않아도 된다는 생각에 안심하며 오늘도 형에게 같이 그냥 집에 있자고 말해 보려고 했다. 하지만 형은 이미 밖에 나갈 채비를 다 끝낸 것 같아 보였다. 형의 표정을 봤다. 형의 표정에서 자신감이 보였다. 그리고 약간의 분노도 보이는 듯 했고, 약간의 슬픔도 보이는 듯 했다.

"형, 오늘 왠지 불길한 예감이 들어. 안가면 안 돼?"

"준승아, 이게 우리나라의 미래를 바꿀 수 있는 일이야. 그래서 지금은 광주 시민 한 명 한 명의 힘이 더 필요해. 이럴 때 일수록 형이 빠지면 안 되지. 알겠지?"

형이 오늘 혼자 나가면 좋지 않은 결과가 나올 것 같은 불길한 예감이 들었다. 왠지 나도 가야 할 것 같은 느낌이 들었다.

"형, 그러면 나도 갈래."

형은 고개를 갸우뚱거렸다. 그러더니 형이 진지한 얼굴로 말했다.

"그래, 대신 형 옆에 꼭 붙어 있어야 돼. 알겠지?"

나는 대답 대신 고개를 끄덕였다.

우리는 서둘러 집에서 나왔다. 나는 형 뒤를 졸졸 따라갔다. 그렇게 형을 따라서 금남로를 향해 걸어갔다. 인도에는 사람들이 바글바글 지나다니고, 길에는 버스랑 차들도 긴 무리를 지어 지나다녔다.

금남로에 도착했다. 주위를 둘러보니 수많은 사람들이 있었다. 어제 총에 맞은 종휘 형 같은 고등학생 형들부터 형처럼 대학생 형들도, 일하시는 40대 아저씨들까지 남녀노소 가릴 것 없이 많은 사람들이 모였다.

형과 나는 인파 속을 헤집고 인파의 앞쪽으로 갔다. 군인들과의 거리가 상당히 가까웠다. 가까이서 보는 군인들은 무서웠다. 군인들을 보니 이틀 전 대학생 형들을 때리던 군인들과 종휘 형이 생각났다. 분명히 대학생 형들을 곤봉으로 내리치던 무자비한 군인들이 저기 있을 것이고 종휘 형을 쐈던 잔인한 군인도 저기에 있을 것이라고 생각했다. 순간 화가 치밀어 올랐다.

우리 옆에 계시던 아저씨들은 소주병들을 가져왔다. 소주병에 종이를 구겨 넣더니 종이에 불을 붙였다. 그걸 군인들 발 앞으로 던졌다. 소주병들은 펑 소리와 함께 화염을 일으켰다. 군인들이 크게 움찔 거리는 게 보였다. 아저씨들은 더 신나하시면서 한 개, 두 개, 더 던지기 시작했다.

점점 화염이 더 쌓일 무렵 군인들에게 누군가가 준비! 라고 크게 외쳤다. 우리 모두가 설마, 하는 마음으로 지켜봤다. 조준! 이라는 소리가 들렸다. 군인들이 가지고 있던 총의 총구는 더 이상 하늘이 아닌 우리를 향했다. 발포! 라는 소리가 들리고 군인들은 총을 발포하기 시작했다.

탕- 탕- 탕-

총성이 울릴 때마다 한 명씩 쓰러졌다. 우리는 모두 도망가기 시작했다. 비명 소리가 들렸다. 그리고 군인들은 끊임없이 총을 쏴댔다. 나는 구둣가게 안으로 재빨리 도망쳤다. 형이 보이지 않았다. 형을 찾으려 고개를 둘러보니 형은 길 반대편 골목에 숨은 게 보였다. 길에 있던 사람들은 두세 명 빼고 모두 피를 흘리며 쓰러졌다. 형을 보니 그제야 나를 깜빡 잊어 주위를 두리번거리고 있었다.

"형! 여기야!"

형은 발견하고 달려오려고 했다.

"형! 오지 마! 오지 마!"

형은 내 말을 듣지 않고 골목에서 나왔다. 형이 지나가자마자 바로 총소리가 들렸다. 그리고 형은 버스 뒤로 몸을 숨겼다. 버스로 총알이 쏟아졌다. 너무나도 불안했다.

"형! 좀 이따가 와!"

나는 큰소리로 외쳤지만 총소리가 조금 잦아들 때 형은 내 쪽으로 달려왔다. 다시 총소리가 요란하게 울리기 시작했다. 형이 버스 뒤에서 내 쪽으로 얼마 오지 않아 형이 쓰러졌다.

"형!"

형의 오른쪽 가슴에서 피가 튀어져 나왔다. 형은 바로 손으로 총알이 지나간 곳을 움켜쥐었다. 형은 고통스러운 표정을 짓고 있었다. 형은 너무 고통스러운 나머지 비명도 지르지 못하는 것 같았다. 처음에는 '형이 진짜 총에 맞은 거야? 진짜?' 라는 생각이 들었다. 하지만 바로 그 생각은 없어지고 '형이 총에 맞았다'는 생각밖에 하지 못했다.

형! 혀어엉!

그 때 형과 같이 골목에 있던 한 아저씨가 달려 나와 형을 버스 뒤로 다시 끌어 당겼다. 형은 정신을 차리지 못하고 있었다. 나도 뛰쳐나가려고 했다. 하지만 나랑 같이 숨어있던 아저씨들이 나를 붙잡았다. 내 눈에는 다른 아무것도 보이지 않았고 형만 보일 뿐 이었다. 눈에서 눈물이 흐르는 게 느껴졌다. 나는 그저 계속 애타게 형만 부를 뿐이었다.

형! 혀어어엉! 혀엉!

소리가 온 거리에 가득 찼다.

아저씨는 형을 업고 군인이 있는 방향의 반대로 뛰어가기 시작했다. 나는 가게 뒷문으로 나와 골목길로 돌아 아저씨와 함께 병원까지 뛰어갔다. 형은 신음소리를 내며 고통스러워했다. 나는 그런 형의 모습을 보며 그저 형이 죽지 않기를 바랄 뿐이었다.

병원에 도착했다. 아저씨는 형을 침대에 내려놓았다. 간호사 누나들이 와서 지혈을 해주소 의사 선생님은 그저 형을 멍하니 바라보고 있을 뿐이었다. 그 때 형이 내 이름을 불렀다.

"준승아."

"왜?"

"형 생각하지 말고 앞으로 열심히 살아. 알겠지?"

도저히 대답을 하지 못 할 것 같았다. 울음과 우는 소리에 말이 나오지 않았다. 그저 더 크게 울 뿐이었다. 형은 그 말을 남기고 눈을 감았다. 다시는 떠지지 않을 눈을 쳐다보니 하늘이 무너지는 것 같은 기분이었다.

싸늘해진 형을 더 이상 쳐다보기 힘들었다. 그 날 나는 집에 돌아가지 않고 형과 함께 있었다. 하루 종일 울기만 했다. 절대 다치지 않는다고 신신당부하던 형이 죽은 걸 보니 비참했다. 그리고 형을 쏜 군인들이 원망스럽기도 하였다. 그 군인들을 다시는 잊을 수 없을 것만 같았다.

오늘은 금남로에 배치 받았다. 금남로에는 사람들이 넘쳤다. 버스 위에 올라 타있는 사람들, 거리에서 피켓을 들고 큰 소리로 외치고 있는 사람들, 그냥 인파에 휩쓸려 온 사람들 등 많은 사람들이 모였다. 우리는 그 사람들을 마주하고 대기하고 있었다.

금남로에서 대기를 하는 중 자꾸 누군가가 소주병에 불을 붙여 던지기 시작했다. 점점 심해질 무렵 명령이 떨어졌다.

준비! 조준! 우리는 모두 앞의 사람들을 향해 총을 겨눴다. 발사! 모두가 총을 쏘기 시작했다. 방아쇠를 당길 때마다 한 사람씩 쓰러져 갔다. 정신없이 총을 쏴댔다. 선두에 있던 사람들이 거의 쓰러질 무렵, 대학생으로 보이는 한 청년이 버스 뒤로 숨었다. 나는 버스를 향해 조준했다. 언제 나올까 생각할 때쯤 대학생이 반대편 가게로 숨으려는 게 보였다. 나는 그 자리에서 바로 방아쇠를 당겼다. 그 대학생은 내가 쏜 총알에 맞자마자 바로 쓰러졌다. 사람들이 많이 줄어든 거리에 그 대학생의 비명 소리가 가득찼다.

시간이 얼마 흐르지 않아 그 대학생이 나온 골목에서 다른 아저씨가 나왔다. 버스 뒤에 가려 자세히 보지는 못했지만 비명 소리가 점점 더 멀어지는 것을 알 수 있었다.

어느 순간, 형! 이라고 외치는 소리가 들렸다. 어린 학생의 목소리였다. 형이라고 계속 외치며 울부짖는 게 들렸다. 버스에 가려 총에 맞은 형을 안고 가는 아저씨와 그 둘을 따라가는 그 형의 동생이 상상이 갔다. 어린 동생이 대성통곡하는 소리는 나에게 죄책감이 들게 하였다. 또한, 나는 누군가의 소중한 사람을 무참히 죽였다는 생각에 죄책감이 들었다. 경철이의 심정이 이해가

갔다. 누군가의 소중하고, 인생의 큰 부분을 차지하는 사람을 죽였다는 것이 얼마나 고통스러운지 이해가 갔다. 형의 비명 소리와 동생의 울음소리가 합쳐져 내 심장을 찢는 것 같았다. 너무나도 후회스럽고 고통스러웠다.

그날 생각을 하며 형을 떠올리니 눈물이 난다. 소리치며 울고 싶었다. 형에게 너무 미안한 감정이 든다. 그 때 그 자리에 내가 없었더라면. 내가 형을 따라 갔었더라면.

건물에서 나와 잠깐 벤치에 앉는다. 형 생각을 하며 하늘을 바라본다. 그 날도 지금처럼 이렇게 밝았는데. 형에게 다시 한 번 미안해진다.

눈물을 닦고 옆을 돌아봤다. 옆 벤치에서도 나보다 나이가 조금 더 많을 것 같은 사람이 앉아 있다. 이 사람도 나처럼 울었다는 게 대충 짐작이 갔다. 이 사람도 나랑 같은, 아니면 비슷한 기억을 가지고 있는 걸까? 그에게 일종의 연민의 감정이 느껴지기 시작했다.

"형씨, 형씨는 어떤 일로 오셨소?"

그는 바로 대답을 하지 않았다. 그의 표정에서 미안함이 보였다.

"~ 속죄~ ."

나는 속죄에 대한 설명을 하지 않았지만 그는 내가 한 속죄의 뜻이 무엇인가 아는 눈치였다. 그는 고개를 끄덕였다. 그의 고개

끄덕임에 나는 수년 간 용서받기 위해, 속죄 받기 위해 이곳에 들렸던 내 목적을 달성한 기분이 들었다.

밀실

정민석 | 고2

수도꼭지

오늘도 엄마가 아빠를 들볶았다. 역시나 돈 때문이었다. 엄마는 아빠의 월급이 삭감에 대해 말하며 언성을 높였다. 벌써 수백 번을 넘게 들은 얘기였다. 하긴, 생활비가 쪼들리게 된 것은 사실이었다. 나는 현대무용 레슨을 그만두었고, 아빠의 자가용이 독일 차에서 국산 차로 바뀌었다. 한 가지 바뀌지 않은 것이라면 엄마가 백화점에 가는 횟수였다. 나는 엄마를 말리고 싶었지만 잠자코 있었다. 내가 무용을 그만두게 된 것이 전적으로 아빠 탓이라는 생각에, 엄마가 아빠에게 화를 내주기를 내심 바라고 있었기 때문이기도 했다.

"야근수당 받아오면 될 거 아니야."

참다못한 아빠가 묵은 물을 콸콸 흘려보내듯이 말했다.

아빠의 월급 삭감으로 월세를 내기 위해 대출을 받은 적이 몇 번 있었다. 그래서 요새 엄마는 자신이 '강남 엄마'의 지위를 박

탈하게 되지 않을지 걱정했다. 내가 중학교 3학년 때, 우리 가족은 반포로 이사를 갔다. 아파트를 지은 지 이십 년도 넘은 탓에, 벽지는 누렇게 변색되어 있었고, 화장실의 수도꼭지는 녹슬어 있었다. 하지만 엄마는 아파트이 외관이나 거실 벽지의 색깔, 쾌적한 화장실 같은 것에 관심이 없었다. 그저 자신이 '강남 엄마'가 되었다는 사실을 자랑스러워하고, 안도해 했다. 나는 그 때 한강 남쪽에 산다는 것이 자랑스러운 것이구나, 하고 생각했다.

그 날 오후, 나는 엄마를 따라 백화점에 갔다. 지난 주 토요일에도 다녀왔지만 가을 정기 세일을 놓쳐서는 안 된다는 게 엄마의 주장이었다. 백화점의 지하식당에서 엄마와 점심식사를 하는데, 아빠의 직장동료를 만났다. "많이 컸네." 남자는 나를 보고 웃으며 말했다. 키가 많이 컸다는 둥, 아빠를 쏙 빼닮았다는 둥의 형식적인 인사말 같은 말들을 늘어놓았다. "형수님, 너무 충격 받진 마세요. 그래도 능력 있는 친구라 경력직 채용 같은 걸로 어디든 들어가겠죠." 남자가 잠시 뜸을 들인 후 엄마에게 말했다.

엄마는 남자의 말을 듣자마자 얼굴이 굳어갔다. 엄마의 표정을 의식한 남자는 자신이 해서는 안 될 말을 한 것을 알아차린 듯 난처한 표정을 지었다. 엄마는 남자를 뒤로하고 곧장 백화점을 빠져나왔다. 엄마의 표정은 미동이 없었다. 마치 고대 석상 같았다.

엄마는 집 앞 철물점에서 수도꼭지를 하나 샀다. 아주 빛나고 예쁜 것으로. 엄마는 분노로 가득 찬 표정을 한 채 낡고 녹슨 수도꼭지의 나사를 풀어 떼어냈다. 그리고 새로 산 수도꼭지를 끼워 넣었다. 어쩌다 물이 나오지 않을 때마다 억지로 돌려대던 수도꼭지가 쓰레기봉투 속으로 던져졌다. 엄마는 봉투를 곧장 분리수거장에 가져다버렸다. "어휴, 이제야 좀 시원하네." 엄마가 윤이 나는 수도꼭지를 보며 미소를 지었다. 피부를 뒤집어대던 사춘기 여드름을 짜낸 듯이 통쾌한 미소였다.

이슥한 밤이 깊어질 때까지 아빠는 집에 들어오지 않았다. 엄마는 내일 백화점에 다시 가자고 했다. 나는 내일 살 부츠와 니트를 생각하며 잠이 들었다.

아침밥을 먹고 백화점에 갈 준비를 하며 옷을 입었다. 창문에서 지독한 냄새가 풍겨 왔다. 무언가가 썩는 냄새 같았다. 시끄러운 소리를 내며 지나가는 쓰레기 수거차였다. 그 중에는 수도꼭지가 들어있는 봉투도 있을 터였다. 정말 아빠는 돌아오지 않는 것일까, 아빠가 버려진 것은 아닐까, 혹 버려졌다면 자신이 버려진다는 사실을 알까, 엄마는 새 수도꼭지처럼 새 남자를 데려오지 않을까, 새 남자는 돈이 많을까, 하는 생각들이 꼬리에 꼬리를 물고 이어졌다. 엄마의 말이 내 귓가에서 이명처럼 들려왔다.

이제야 좀 시원하네.

두더지

밥 먹었더니 커피가 당기네. 부장이 능글맞은 목소리로 말했다. 나를 포함한 인턴사원 네 명은 눈치를 보다가 가위 바위 보를 했다. 어김없이 승리한 4번 인턴인 나는 커피를 부장에게 들이밀었다. 늘 자네가 가장 빠릿빠릿하구먼. 가위 바위 보를 이길 때마다 회사 내에서 나와 다른 인턴들의 저울 접시에 평행이 깨지는 소리가 났다. 그 소리를 듣는 일이 즐거웠다. 자네 혹시 두더지에 관심 있나? 부장은 평소보다 크기를 낮춘 목소리로 물었다. 그게 뭐냐고 묻고 싶었지만, '무엇이든 관심을 갖고 열의를 보일 것'이라는 책에서 본 내용이 생각나, 뭐든 열심히 하겠다고 답했다. 부장은 웃으며 퇴근 후에 보자고 말했다.

부장과 함께 간 곳은 한적한 주택가의 상가였다. 그가 어딘가로 전화를 걸자, 잠겨 있던 철문이 열렸다. 사람 한 명이 지나다니기도 비좁은 공간에 수많은 계단이 아래로 끝없이 펼쳐졌다. 두더지는 참 깊은 곳에도 사는 구나, 생각했다. 몇 십 대의 오락기들이 열 맞추어 놓인 곳에, 스무 명 정도의 남자들이 게임을 하고 있었다. 부장의 손에 이끌려 얼떨결에 환전소로 끌려갔다. 현금이 없는데요. 내 걸 빌려주겠네, 갚도록 해. 그가 멋대로 오 만 원권 한 장을 금색 코인으로 바꾸어 들이밀었다. 게임기에 그것을 넣자 1부터 4까지의 두더지가 튀어 올랐다. 네 마리의 두더지는 곧 땅을 파기 시작했다. 어쩐지 정감 가는 4번째 두더지의 머리를 눌렀다. '유 알 위너!' 어색한 영어 발음의 효과음과 함께 코인 두 개가 딸랑 소리를 내며 떨어졌다. 내가 생각했던 저울이 기우는 소리. 코인이 저울 접시 위로 떨어지며 무겁게 채워지는 소리, 그게 참 신기하고도 경쾌했다. 부장은 어디로 가버린 건지 보이지 않았다. 코인을 새로 얻고, 넣고, 얻고, 넣는 것을 반복하다 보니 주변으로 사람들이 몰려들었다. 그들은 코인 하나를 내밀며 네 개로만 불려줘 따위의 부탁을 해왔다. 어렵지 않게 부탁들 모두 들어주고 나니 나도 몇 개의 코인을 갖고 싶어졌다.

다음날부터 퇴근을 하면 곧장 그곳으로 향했다. 회사에서도 종종 두더지 생각이 나는 바람에 1번부터 3번 신입 사원들의 머리를 한 대씩 쥐어박는 상상도 했다. 부장과는 이제 비밀을 공유한 사이가 되었으므로 굳이 가위 바위 보로 점수를 딸 필요가 없었다. 그 운을 아껴, 써야 할 곳이 따로 있었다. 내가 가위 바위 보를 피하며 점점 셋은 나를 견제 하지 않게 되었고, 난 그만큼 부장과 가까워졌다. 일은 잠깐 쉬고, 두더지로 코인을 잔뜩 벌고 싶어요. 부장은 정직원이 되지 못할 수도 있으니 두더지가 나을 지도 모르겠다며 격려했다. 이후로 회사에는 무단으로 멀어져갔다.

두더지는 점점 힘겹게 코인을 뱉었다. 겨우 본전. 요새 운이 따르지 않는다고 생각했다. 슬림프야 슬럼프. 열심히만 하면 금세 다들 극복하더군. 혹시 회사문제로 머리가 복잡해서 그렇다면 걱정 말게. 언제든 돌아올 수 있도록 해뒀으니까. 부장이 허공에 담배 연기를 불며 말했다. 믿음직스러운 그의 말이 모두 옳았다. 중도에 포기하는 자보다, 끝까지 이겨내는 자가 성공하는 법이었다. 그러나 얼마 있지도 않던 통장의 잔고가 0을 가리키고 있어 한숨이 나왔다.

다음 날 현수막이 걸렸다. 〈최소 백만 원부터 최대 오천만 원까지〉 게임방에서 대출을 시작한 것이었다. 때마침 이런 이벤트가 있다니 역시 운이 좋았다. 요즘 잠깐 사정이 나빴던 것을 감안하면 백만 원도 버거울 것 같았지만, 부장말대로 회사로는 언제든 돌아가 또 돈을 벌 수 있었으므로 전셋집 보증금을 담보로 오천만원을 외쳤다. 원대한 꿈을 이루기 위해서는 밑천이 받쳐줘야 했다. 사장은 천 개의 코인을 주었다. 두더지들이 땅을 파기 시작했고, 나의 승리는 예견되어 있었다. 잊어버릴 뻔 했지만 나는 가위 바위 보의 신이었다. 부장은 술 한 잔을 사라며 축하를 했다. 사흘 만에 오천만원을 모두 갚았다. 이곳에서는 빌린 돈을 갚는 것만으로도 높은 신용도를 갖추게 되었다. 코인 한두 개를 맡기며 장난처럼 다가오던 사람들이 백 개 이상의 코인을 들이밀고 무릎도 꿇었다. 오백 개를 천 개로 불려주면 그 중에 사백 개는 널 줄게. 따위의 부탁이 이루어졌다. 그것만으로도 쏠쏠한 것이었다. 그렇게 자투리 코인을 모아 자본을 마련하는 거였다. 누군가는 내게 해외로 나가야 한다, 더 큰 물에서 놀아야 할 인재다 추켜세워 주었다.

점점 남들이 가져왔던 오백 개의 코인이 오십 개로, 한 개로 줄어갔다. 신용도는 점차 하락했고 이내 멱살로 이어졌다. 아직 운이 타지 않았을 뿐이라고요. 이렇게 제가 쉽게 무너질 것 같아요? 다시 코인을 넣었다. 눈을 세게 비볐다. 결과는 같았다. 주머니를 뒤적거렸다. 아무것도 잡히지 않았다. 주변이 공허해졌고, 사람들은 느리게 다가왔다. 몸을 푹 숙이고 두더지처럼 그들 틈을 잽싸게 빠져나왔다. 잡아! 부장이 외쳤다. 부장은 내게 코인을 맡긴 적이 없었다. 그의 코인을 잃은 적도 없었다. 그래서 왜 잡으라는 건지도 알 수 없었다. 아니, 나를 잡으라는 건지 4번 두더지를 잡으라는 건지도 혼미했다. 중년 남성들은 어느새 내 목덜미까지 쫓아왔고, 다시 지하 세계로 빨려왔다. 어쩐지 몸이 무겁게 가라앉아 땅 속으로 박혀버릴 것만 같았다. 마침내 다 쓴 운이 딸랑딸랑 경쾌한 음을 내었다.

아버지

"'아버지가방에들어가신다.'는 띄어쓰기를 하지 않아서 의미상 헷갈릴 수 있어요. 시험에 출제할 테니 유의해서 보도록 해요."

선생님의 설명에 아이들이 고개를 끄덕였다. 종이 울리고 마지막 수업이 끝나자마자 영수는 새로 오픈한 피시방에 가자며 내 옷깃을 잡았다. 돈이 없다며 주머니를 까 보이기 무섭게 오늘은 오픈 이벤트라 무료라며 씨익 웃었다. 우리는 자리를 놓칠세라 바쁘게 뛰어갔다.

한창 게임을 하던 중이었다. 갈 곳이 없으니 자리 하나만 내어달라고 떼쓰는 아저씨의 목소리가 들려왔다. 먼지가 잔뜩 묻은 추리닝 바지를 입고, 회사 마크가 찍힌 조끼를 입은 사람. 아버지였다. 그가 한 자리도 남은 게 없냐며 가게 내부를 훑던 중, 눈이 마주쳤다. 친구의 눈치를 보며 나는 다시 게임에 몰두했다. 곧 가게 문이 딸랑이고 그가 사라졌다.

현관문 앞에서 한참을 머뭇거렸다. 모른 체해서 죄송하다고 용서를 빌어야 할지, 혼날 때까지 기다릴지 판단이 서지 않았다. 답을 찾지 못하고 문을 열었지만 집안엔 아무도 없었다. 당장 맞지 않고 고민할 시간이 더 생겼으니 다행이라고 생각했다. 소파에 앉아 텔레비전 채널을 1번부터 159번까지 돌렸지만 머리속에는 낡은 차림의 아버지뿐이었다. 그는 줄곧 10평대 아파트를 벗어나지 못했다. 엄마와 누나는 아르바이트로 돈을 벌어 원룸을 얻어 나간 지 2년이 되었다. 누나는 아버지와 함께 살면 좁고 끔찍한 생활에서 평생 벗어날 수 없을 것 같다는 말을 남겼었다.

현관문이 열리는 소리에 자동으로 고개가 돌아갔다. 아버지가, 아니었다. 엄마는 성장기인 내가 걱정이라며 반찬을 가져다주러 들렀다. '네 아버지는?' 나는 고개를 저었다. 엄마는 지난번에 먹고 씻어놓은 반찬통을 모았다. '큰 봉투나 가방 하나 가져와 봐. 먹고 싶은 반찬 있어?' 또 고개를 저으며 가방을 찾기 위해 소파에서 일어났다. 큰방에 모아둔 가방 중 가장 알맞은 것으로 고르기 위해 휘적거리고 있었다.

꿈틀, 무언가 움직였다. 몸이 우뚝 멈춰 섰지만 들춰볼 수는 없었다. '죄송해요.' 용서를 빌자 멈췄던 몸이 가뿐하게 움직였다. '엄마 가방 없어. 큰 봉투는 주방에서 찾아봐.' 큰 소릴를 내며 방문을 닫았다. 봉투에 반찬통을 다 넣은 엄마가 현관 앞에서 신발을 찾아 신었다. '네 아버지는 어린애 두고 어딜 싸돌아다닌다니?'

'아버지 가방에 들어갔어요.' 목구멍이 꿈틀거렸다.

졸업

졸업식에 가지 않았다. 덕분에 한참 후 우편으로 날아온 졸업장을 보며, 여전히 1년 전에 살고 있는 나를 실감하게 되었다. 집 앞 낡은 전봇대에는 '커피 배달 모집합니다. XX 다방' 종이가 붙어있었다. 학창 시절엔 어쩐지 짜장면이나 치킨보다 커피 배달이 더 품격이 있다고 여겼었다.

다방엔 남녀를 불문하고 동네 양아치들이 다 모여 있었다. 낯익은 얼굴도 보였다. 맞담배 하던 창현 선배. 선배가 스키니 진을 입고 일제 오토바이의 시동을 거는 모습은 단연 예술이었다. 그는 이게 다 다방에서 일해 번 돈으로 산 거라며 우쭐댔다. 우리의 업무는 철가방을 든 여자 종업원을 태우고, 모텔로 데려다 주는 일 뿐이었다. '장미모텔이요? 금방 가겠습니다.' 선배는 오토바이에 올랐다. Y상고에 다니는 혜연이가 뒤따라 타고는 능숙하게 선배의 허리를 잡았다. 목적지에 도착하면 선배는 모텔로 들어가는 혜연이를 지켜보았다.

사귄다, 아니다. 잤다, 아니다. 그 둘은 무성하기만 하던 소문들처럼 허공으로 흩어졌다. 누구도 소문의 전말을 묻지 못했는데 아예 미궁으로 빠지게 되었다. 사장님이 늘 '더 빨리'를 외치는 바람에, 혹은 선배가 고용주에게만큼은 고분고분했기 때문에 사고가 난 거였다. 철가방은 납작해졌고, 깨진 사기 컵의 믹스커피는 아스팔트 위에 눅눅하게 스며들었다. 그 자리에는 선배와 혜연이 대신 폴리스라인을 치는 경찰들이 있었다. "그 개자식 때문에 모텔에서 어쩌나 역정을 내던지." 사장님은 둘의 사망 소식을 알리던 텔레비전을 보다가 못 참겠다는 듯 문을 걷어차고 나갔다. 사장님이 나간 뒤로도 텔레비전에서는 '유흥업소 청소년 고용 실태'에 관한 뉴스가 흘러나왔다. 하지만 그들의 죽음이 바꿀 수 있는 것은 아무것도 없었다. 다들 전화를 받고 오토바이를 탔으며 나 역시 그 가운데서 숨죽이고 있었다.

얼마 후 전봇대에는 다시 전단지가 붙었다. 오토바이 1명, 종업원 1명. 배달 경력자 우대. 선배가 졸업하듯 떠난 자리로 새내기들이 들어왔다. 그들은 돈을 벌겠다는 포부로 눈을 반짝였다. 사장님은 금세 자리가 메워져 기분이 좋았다. 기분이 좋으면 말이 늘었다. “첫째는 성실, 둘째도 성실! 무조건 성실해야 돼. 항상 책임감을 갖고 일을 하도록. 그리고 특히 오토바이 파트들아, 스피드는 생명이다.” 그 말은 과속을 하란 건지 말란 건지 의문스러웠다. 하지만 새내기들은 그와 상통하는 생각을 하고 있을 테니 괜히 끼어들어 질문을 할 필요는 없었다. 무엇보다 사장님이 교장 선생 훈화를 흉내 내고 있었다는 것과 라이브공연 무대라는 높은 강단 위에 서 있었으므로, 함부로 대들 수 없었다. 그는 강단에서 내려가면서도 콧노래를 불렀다. 띠리링, 노래에 맞춰 주문 전화 소리가 울렸다. 손톱으로 칠판을 긁듯 기괴하게 들려 귀를 막고 밖으로 나갔다. 오토바이 키는 졸업한 선배의 사물함에, 혜연이 취향에 맞춘 커피 속에 빠뜨려 선물처럼 넣어 두었다.

회전목마

“내 집이다 생각하고 일해 줘요.”

부인은 립스틱을 바르며 A씨에게 말했다. 그녀는 속옷이나 셔츠 따위의 자리가 적힌 메모지를 건네고 서둘러 외출을 했다. A씨는 그제야 집을 돌아보았다. 거실과 소파, 오븐 등이 놓인 구조가 낯설지 않았다. 문득 부인의 말처럼 ‘내 집이다’ 생각이 들었다. 세탁기 작동 버튼을 눌러두고 설거지를 했다. 주인 부부에게는 자녀가 없었다. 덕분에 밖에 나갈 일은 어린이집이나 놀이터에서 아이 돌보기가 아닌, 사흘에 한 번 마트 장을 보는 일이 고작이었다. A씨는 무심코 한강 위를 지나는 다리와 아파트 단지가 늘어진 창문을 보았다. 멀지 않은 거리에 관람차가 눈에 들어왔다.

A씨는 88년에 결혼을 했다. 남편은 사업에 A씨는 신문사 업무에 쫓겨 시간이 부족했지만, 그 말은 42평 아파트 한 채를 계약할 정도의 능력이 된다는 말이기도 했다. 89년에는 출산을 했다. A씨가 사는 아파트에 맞벌이 가정은 대부분 가사도우미를 고용한다는 사실을 알게 되었다. 때문에 힘들게 집안일을 하거나 아이를 돌볼 필요성을 느끼지 못하게 되었다.

A씨의 가족은 아이가 6살이 되던 해에 처음으로 놀이공원에 갔다. 일에 쫓겨 평일엔 도무지 시간이 나지 않아 주말을 이용한 탓에, 삼십 분 이상 줄을 서야만 기구를 탈 수 있었다. 족히 한 시간은 걸릴 법한 회전목마 앞에서 아이가 손을 꾹 잡았다. 그러나 키 제한으로 인해 회전목마를 탈 수 없다는 것을 알고 얼굴을 구긴 아이를, 어떻게 달래야할지 몰랐다. 미안하다 말할 일도 아니거니와, 울지 말라고 다그치기도 애매한 일이었다. 아이를 어떻게 다래야 할지 고민하던 여자는, 아이의 버르장머리를 고쳐주겠다며 울다가 주저앉은 아이를 두고 걸어왔다. 아이가 따라오지 않는 것을 이상하게 여겨 다시 가 보았지만, 그 후로 아이를 볼 수 없었다.

A씨는 자동차도 집도 팔았다. 남편이 벌려 놓은 사업은 물거품이 되었고, 사망 보험금은 부족했다. 그녀는 소파에 앉아 이러한 생각이 잘못되었다는 것을 알고 고개를 휘저었다. 관람차 빛이 창문 안으로 어느새 훅 끼쳐와 있었다. 부인과 그녀의 남편이 현관문을 열고 들어왔다. 부인은 A씨에게 종이 몇 장을 건넸다. "이 사람이 일하는 회사에서 줬다는데, 저희는 애도 없고 그래요." A씨는 놀이공원 티켓을 받고 멋쩍은 웃음을 지었다. 주인 부부가 A씨도 자녀가 없다는 것을 모르는 게 불행인지 다행인지 알 수 없었다.

다음날 A씨는 주인 부부가 나간 틈에 놀이공원에 들렀다. 94년도에 가 본 이후 처음이었다. 평일 대낮에 혼자 회전목마를 타러 온 A씨는 직원에게 물었다. "키가 얼마나 커야 탈 수 있나요? 역시 120센티는 되어야 하나요?" "그것보다 작아도 탈 수 있어요. 마차는요." A씨는 때마침 아주 작은 아이와 가족이 탄 마차가 굴러가는 것을 보았다. 그때도 분명 마차가 있었는데. 아이를 들이밀며 타게 해달라고 따지지 못한 것이 아쉬워 울음이 났다. 직원은 그녀를 어떻게 달래야 할지 몰랐다. 탑승 차례가 다가와 마차에 올랐다. 94년 이후, 매일 다를 바 없이 굴러가던 A씨의 일과처럼 동일한 풍경이 반복되었다. 더 잃을 것도 없었지만 여전히 겁이 났다. 놀이공원의 불이 꺼질 때까지 A씨는 마차에 있었다. 비로소 우는 아이를 달랠 수 있게 되었다.

Right Hook

이교진 | 고3

나의 시작은 이곳 천사동에서 시작되었다. 천사동. 이름만 낯간지러운 곳이다. 다닥다닥 붙어있는 슬레이트 지붕이 얹어진 집들이 밀집한 이곳은 제 아무리 발버둥 쳐도 천사는 커녕 천사의 발바닥 때조차도 볼 수 없는 곳이다. 그렇다고 이곳 사람들이 마음이 천사같이 따뜻하냐고 하면 그런 것도 아니다. 내가 알고 있는 몇 사람만을 보더라도 이건 아니라고 생각한다. 이름만 천사지 이곳은 그야말로 생지옥이다.

"동운아! 하동운!"

내 이름은 하동운이다. 지금 밖에서 부르는 소리만 들어도 알 수 있겠지? 하지만 저 소리는 기뻐서 나를 부르는 게 아니다.

"아 이놈아! 엄마가 부르는데 왜 대답이 없어?"

흠~. 엄마는 다혈질이라니까.

"네! 왜요?"

나도 모르게 큰소리가 나왔다. 순간 문이 벌컥 열렸다. 문에서는 끔찍한 소리가 나왔다. 붉은 원피스에 산발적으로 된 파마머리와 하얗게 거의 분장에 가까운 화장을 한 여성이 들어왔다. 부끄럽지만 나의 엄마다.

"이 자식아! 어디서 큰소리야!"

하아. 또 그런다.

"잘못했어요."

"너 반항기야 뭐야?"

글쎄요. 반항기인가? 요즘 의욕이 없긴 했지.

"너 왜 학교도 안 갔어?"

"……."

나는 그저 MP3만 만지작거렸다. 사실 오늘 나는 학교에 가지 않고 갈 곳이 좀 있다. 그 사실을 엄마에게 말하고 싶지 않다.

"왜 말 못해?"

엄마는 금방이라도 나를 죽일 듯한 눈빛을 하고 있다. 그냥 묵비권을 행사해야겠다.

"벙어리라도 됐어?"

역시 손이 올라간다. 철썩. 내 따귀가 얼얼하다. 여자는 손이 맵다.

"못된 녀석. 애써서 좋은 학교 보내도 저 모양이니. 쯧쯧, 자식은 키워 봤자라더니."

나는 엄마가 나가는 뒷모습만 보았다.

"야. 동운아."

창문을 두드리는 소리에 화들짝 놀랐다.

"창문 좀 열어 봐."

좀 녹이 슨 창문이라 열기가 영 사납다.

"옜다. 잘하고와."

"아빠!"

아빠가 창문으로 고개를 쭉 내밀고 킬킬거렸다. 아빠의 웃음은 언제나 킬킬거리는 소리이다. 그렇지만 뭔가가 기분이 좋다. 사실 내가 학교에 가지 않은 건 대회가 있기 때문이다. 나는 아빠가 창문 너머로 던져준 것을 보았다. 수채화 물감과 붓이었다. 아빠는 또 다시 웃으면서 자전거에 올랐다. 옷이 먼지투성이였다. 분명 공사현장에서 여기까지 빨리 올라오려고 자전거를 빌려 탄 모양이다. 이거 죄송스럽게, 실은 내가 예고에 다녀도 미술대회에 나가는 건 아닌데.

"우리 동운! 파이팅!"

또 다시 웃으며 경사진 곳을 자전거로 내려갔다. 아빠. 나 미술대회 안 나가!

"야. 동운아."

열린 창문으로 상아가 고개를 내밀었다.

"네 아빠가 지나간 것 같은데? 대회 나가는 거 아저씨도 아셔?"

"어. 그런데 그 대회가 뭔지는 모르시지."

나는 수채화 물감을 흔들어 보여주었다.

"알겠다."

상아가 고개를 위아래로 끄덕였다.

"어쨌거나 빨리 가자. 안 그럼 늦어."

"응."

상아는 안경을 고쳐 올렸다. 상아도 나와 같은 예고에 다니는데 어쩌다가 나랑 친해졌다. 녀석은 내가 예고 체질이 아님을 알고 있었다. 게다가 달동네아이라는 것도 단박에 알아차렸단다. 내가 예고에 입학한 건 순전히 운이 좋아서였다. 그때를 생각하면 웃음이 나온다. 내가 그리는 그림이 독창적이라나 뭐라나. 내게 그런 고상한 취향은 없다. 지금 내가 나가는 대회는 격투기 대회. 나는 지금까지 미술을 한 게 아니라 복싱을 했다. 아빠가 초등학교 때 잠깐 시킨 게 계기가 되었다. 부모님께 죄송하지만 나는 학원도 미술 학원이 아니라 복싱 학원에 등록하는 데에다 썼다.

"동운아. 이번에 우승해야 하는 거 알지?"

그런 사실을 알게 된 상아는 내 매니저가 되었다. 나는 아직 정식 선수가 아니라 이런 건 거추장스럽지만, 뭔가 으쓱거린다.

"동운아. 듣고 있어?"

"어? 어."

"나 참. 지금은 경기 생각만 해. 복싱 대회가 아니라 격투 대회니까 상대가 꼭 복싱 선수라는 보장도 없잖아."

"나도 알아."

상아가 다시 안경을 고쳐 올렸다. 불만스럽다는 뜻이다. 이제 앞으로 세 번 남았다. 그때는 경기고 뭐고 나를 죽이려 들

것이다.

"여어~"

"아, 규하 형!"

상아가 짜증스러운 표정을 활짝 펴고 규하 형 이라고 부르는 사람한테 인사한다. 이중인격.

"그래그래~ 상아도 고생이군. 넌 학교에는 안 가도 되는 거야?"

"선생님이랑 부모님께 말씀드렸어요. 물론 거짓말이지만."

"이젠 사기 치기가 일상화 됐구나?"

내가 심드렁하게 말했다.

"누구 때문인데?"

"아이고, 죄송합니다."

나는 엎드리는 시늉을 했다. 순간 상아가 다시 한 번 안경을 고쳐 올렸다. 장난치지 말아야지.

"짜식."

규하 형은 내가 다니는 복싱학원의 관장님이다. 나이는 29세로 젊은 관장이다. 그 이유는 더 이상 그가 링 위에 서지 못하기 때문이다. 그는 다리 부상으로 약간은 불편한 몸을 가지고 있다. 하지만 별로 개의치 않는 것 같다.

"대전표 봤어?"

"네."

"무리하지 마."

"네."

그렇게 대답하긴 했어도 관장님은 알았을 것이다. 내가 얼마나 죽기 살기인지. 내가 격투기로 바꾼 건 2년째이다. 복싱 대회에서도 별달리 좋은 성적을 내지 못했기 때문이다.

"죄송합니다!"

선수 대기실이 울렸다. 으이그. 저놈 만날 저런다니까. 상아가 이번에는 저 놈을 보면서 안경을 올렸다. 상아는 철호를 싫어한다. 철호는 정말이지 생각 없이 산다. 오직 생각하는 것은 격투기나 주먹의 힘, 스피드, 복싱뿐이다.

"야 이철호. 너 지금 몇 신데 이제와?"

"에이, 관장님도 참. 아직 시작도 안 했으면 된 거잖아요."

"말이면 되는 줄 알아?"

"아이참. 저 대회 출전 선수에요. 설마 이런 저에게 벌을 주려는 것은 아니겠죠?"

"하. 녀석."

규하 형도 두 손 두 발 들었다. 철호는 늘 이런 식이다. 같이 천사동에 사는 사람으로서 참 부끄럽다.

[첫 번째 선수. 하 동 운. 하동운 선수 대기해 주세요.]

대기실의 스피커가 울렸다. 앗. 내가 첫 번째였나?

"규하 형! 이게 뭐에요?"

상아가 대전표를 흔들며 잔뜩 흥분해서 말했다.

"글쎄! 이게 어떻게 된 거지?"

"뭔데 그래?"

"네가 첫 번째가 됐잖아!"

"원래 그런 거 아냐?"

"아니야! 봐봐!"

정말이다. 난 세 번째였다. 선수 대기실에서도 술렁임이 느껴졌다.

"말도 안 돼."

대기실의 문이 열렸다.

"하동운 선수 지금 뭐 하십니까? 빨리 준비해 주세요!"

제길. 갑자기 바꿔 놓고선 큰소리군.

"아니 이게 어떻게 된 것입니까?"

규하 형이 화가 잔뜩 난 모양이다.

"주최 측에서 결정한 사항입니다. 저도 자세한 건 몰라요. 어찌됐건 빨리 링 위로 올라가세요!"

"잠깐 이봐요! 이런 게 말이 됩니까?"

나는 그저 묵묵히 신발 끈을 더 단단히 조였다. 내 첫 상대는 개인 대기실을 쓰는 3관왕인 챔피언이다. 청소년 대회에서 중학교 때부터 우승을 했다고 한다. 하지만 사용하는 기술은 매일 새롭기 때문에 정보가 미약하다. 쳇. 산 넘어 산이로군. 예선을 넘어왔더니 이번 경기 1라운드부터 챔피언이라니, 운도 좋아. 하동운?

"규하 형. 그냥 할 게요."

"뭐? 그래도 상대는 챔피언이야!"

"그런다고 뭐가 바뀌겠어요? 어차피 이기면 그 녀석이랑 붙어봐야 할 텐데."

"……."

"나도 그 챔피언이랑 붙을래!"

철호가 내 귓가에 대고 큰소리로 말했다. 고막이 나가는 줄 알았다.

"시끄러워 이철호. 네가 붙고 싶다고 할 수 있는 건 아니야. 그리고 동운이가 경기에 나가야 하는데 방해가 돼. 넌 좀 구석에서 앉아있거나 다른 선수들처럼 트레이닝을 좀 하고 있지 그래?"

"야. 네가 뭔데 시비야? 참 나. 기생오라비 같이 희멀건하게 생겨 가지고는."

나는 티격태격하는 녀석들을 뒤로 하고 진행 요원을 따라 링으로 향했다. 어두운 관중석과 대비되는 링이 보였다. 링의 조명은 강렬하고 뜨거웠다. 잇달아 나를 소개하는 멘트가 나왔다. 하지만 그런 것에 신경 쓸 수가 없었다. 이번 경기에 나의 존망이 달렸다. 관중석에서 환호성과 야유가 흘러나왔다. 심장이 방망이질을 해댔다. 집중하자 하동운!

"선수 앞으로."

심판이 가운데에서 소리쳤다. 시작 소리와 함께 챔피언인 녀석이 무섭게 돌진해왔다. 초반부터 무서운 기세로 몰아붙였다. 제길, 챔피언이 이름만 그런 게 아니군. 세상이 하얗게 되었다.

나는 그 챔피언과 둘뿐이었다. 다른 소리는 전혀 들리지 않았다. 늘 이런 방식이었다. 하얀 배경. 사람들은 소리 없이 열광한다. 나에게는 그들이 그렇게 보였다. 카메라 플래시가 터졌다. 상아와 관장님도 아래에서 뭐라고 소리치지만 들리지 않았다. 오직 들리는 소리는 나와 그 챔피언의 마찰음만이 들렸다. 마음에 안 들어. 챔피언이라는 녀석이 승리를 확신하는 미소를 지었다. 순간 스쳐간 기억이 있다.

"선생님. 제 아들 좀 잘 부탁드릴게요."

"아, 물론이죠. 동운이가 많이 떨어지긴 하지만."

선생님이란 사람이 봉투를 받아들고 웃고 있었다. 아빠는 고개를 아래로 떨어뜨리면서 쓸쓸하게 웃었다.

"동운이. 녀석아. 좋은 아빠 속 썩이지 말고 말씀 잘 들어라."

선생님은 나를 보면서 그랬다. 중학교 때였다. 나는 그냥 반강요적인 그리기대회에 우리 동네를 그려낸 게 학교에서 우수작으로 뽑혔고 미술선생님은 기뻐하며 더 큰 대회에도 작품을 냈다. 우연치 않게 나의 그림은 그 대회에서 최고상을 탔다. 나는 솔직히 그 그림이 마음에 들지 않는다. 온통 잿빛인 우리 동네를 그린 것이기 때문이다. 내가 그림에 소질이 있었는지 없었는지 모르지만 미술선생님은 나의 그림을 보면서 감성적인 해석을 했다.

"이것은 마치 사라져 가는 것을 그리워하는 것 같구나."

말도 안 되는 해석이다. 나는 그냥 보고 있는 걸 그린 것이다.

선생님은 고상한 말로 나의 진학을 자신 멋대로 예술고등학교라고 말했다. 이런 감수성을 버려두기에는 아깝다면서 말이다. 아빠는 기뻐했다. 특유의 웃음을 지으면서 복싱을 그만두라고 했다. 하지만 엄마는 달랐다.

"여보 생각해 봐요. 예고가 얼마나 돈이 많이 드는지 알아요?"

"에이, 그건 우리 둘이 더 열심히 하면 되잖아."

"여보 그게 말 같이 쉬운 줄 알아요? 그리고 동운이가 뛰어나게 예술적 소질을 보이는 것도 아니잖아요. 그리고 동운이도 하고 싶다고 하나요?"

엄마의 말은 어딘가 반항심을 이끌어내는 무언가가 있었다. 나는 그 순간에도 반항심이 들었다.

"정말로 하고 싶어요."

이를 악 물고 말했다. 나는 예고에 입학했다. 약간의 돈을 주고 약간의 운과 약간의 실력으로 나는 미술 선생님에게 되지도 않는 미술을 배워야 했다. 선생님은 내가 살고 있는 환경이 어떤지를 잘 알고 있었기 때문이다. 선생님 또한 천사동에서 살고 있기 때문이었다. 그리고 입학했을 때 예고는 부자들이 다니는 학교라는 사실을 알게 되었다. 그리고 말만 예고지 사막이라는 것도, 그리고 돈을 쳐 바른 위장의 웃음도 그때 알았다.

지금 내 눈 앞에 있는 챔피언도 그 선생님과 같은 미소를 짓고 있었다. 이놈은 얼마나 짓밟고 올라왔을까? 그게 과연 정당한 방법이었을까? 참고로 예고에서 아빠가 돈을 줬던 그 선생님은 어떤 초갑부 학생의 항의로 잘렸다. 그 초갑부 학생이 바로 저 아래서 나를 지지해주고 있는 상아다.

"이 새끼, 죽여 버릴 거야!"

챔피언이 이성을 잃었다. 하하. 내가 라이트훅으로 그놈의 면상을 갈겼다. 이렇게 통쾌할 수가.

"얼마든지. 그럴 수만 있다면 해봐."

챔피언이 허둥대는 꼴을 보니 우습다. 이 녀석 상당히 마인드 컨트롤이 안 되는 모양이다. 이래가지고 챔피언? 우습네. 우스워. 도대체 무엇으로 이긴 거지? 상대의 도발에 넘어가다니.

"인마! 상대 도발에 넘어가지 마!"

저쪽 편 관장이 소리친다. 부의 상징인 반지 여러 개를 손에 끼고 말이다. 흠. 상대가 비틀비틀 잽을 밟는다. 녀석은 킥복싱이 전문인 모양이다. 잽이 엉키고 있는 게 보인다. 나의 잽은 안정되어 있다. 녀석은 킥을 시도했다. 나는 살짝 뒤로 빠졌다. 이성을 잃은 녀석은 누워서 떡 먹기보다 쉽다. 무서운 건 도발해서 넘어가면 더 파워 업 하는 녀석이다. 철호 같은. 그나저나 나는 발기술을 잘 안 쓰는데 말이지. 다시 한 차례 킥을 시도했다. 다시 회피했다. 녀석은 생각나는 대로 공격하는 모양이다. 나는 녀석의 가드가 열어지는 것을 발견했다. 그와 동시에 나는 그 녀석의 벌어진 가드에 다시 한 번 훅을 날렸다. 이런. 주먹에 힘을 너무 줬어. 규하 형의 소리가 이제야 드린다.

"야! 너무 세게 쳤어!"

챔피언의 칭호가 무산이 되는 순간이었다. 관중석은 희비가 교차하고 있었다. 환호성이 터져 나왔다.

"동운아! 잘 했어"

상아가 소리쳤다. 심판은 나의 오른손을 번쩍 들어 올리며 말했다.

"하동운! 승!"

내가, 내가 이겼어!

"동운아!"

상아가 그 사이를 못 참고 링 위로 올라 왔다. 그리고 물을 머리에 부었다. 정신이 어질거린다. 나는 관중석을 보며 소리를 질렀다.

"아빠! 내가 이겼어! 내가 챔피언을 이겼다고!"

챔피언이었던 녀석은 들것에 실려 나갔다. 정신이 멀쩡했지만 녀석에게는 다시 일어설 용기가 없었을 것이다. 스피커가 터져라 음악이 흘러 나왔다. 나는 관중석을 보면서 링 위를 한 바퀴 돌았다. 이게 나 하동운이다! 라고 알리고 싶었기 때문이다. 순간 나는 눈을 의심했다. 강한 카메라의 플래시와 함께 보인 얼굴들이 있었기 때문이다.

나는 철들 무렵부터 혼자였다. 엄마는 술집에서 술파는 여자. 아빠는 일일 노동직으로 하루를 살아가는 사람이었다. 그래서 엄마는 새벽 중에 나갔다가 밤 12시에 들어와 잠을 자고 또 나간다. 가끔은 아빠도 술집에 가서 같이 일을 하기도 한다. 아빠는 나에게 곧 온다고 해놓고 밤이 늦도록 들어오지 않았다. 혼자서 밥 먹고 혼자서 옷 입고 혼자서 TV를 보고 그리고 혼자서 놀았다. 아빠는 늘 나를 기쁘게 해주려고 했지만 그렇지 못했고 엄마는 언제나 옷과 치장을 생각했다. 아빠는 그래도 나와 엄마를 사랑했다. 엄마도 나와 아빠를 사랑했다. 평소에는 그런 점을 눈에 보이지 않게 하지만 나나 아빠가 아프면 자신이 공들인 술집에 가지 않고 울면서 간호를 하기 때문이다. 나는 이상하지만 이런 가정에서 자랐다. 어린 시절의 나는 부모님을 원망했다. 그들은 나와 같이 있어주지 않았기 때문이다. 엄마의 마음이나 행동을 몰랐다. 지금도 알기는 힘들지만 나는 그들에게 거짓말을 했다. 언제나. 그리고 나는 그 거짓말이 들통 난지도 모른 체 링 위에서 악을 쓰고 있었다. 제길 눈물이 난다.

"거 봐요. 내가 말했죠? 저 녀석 반항기라고!"

"반항기가 아니라 자신이 좋아하는 일을 한 거지!"

"봐요. 미술 공부하라고 준 돈들을 다 어디에 썼는데요?"

"괜찮아!"

"그것 때문에 빚도 많이 졌는데."

"까짓 것 더 많이 일 하면 되겠지!"

"아니 당신! 일만 하다 죽을 거예요?"

뭔지는 잘 모르겠지만 그들은 웃고 있었다. 나는 꼴사납게 울면서 링을 내려왔다.

"야 너 왜 그래?"

"너 알고 있었지?"

"뭘?"

상아는 난처하다는 얼굴이었다. 분명 다 알고 있었을 것이다.

"부모님이 왜 저기에 있어?"

"그야 나도 모르지!"

나는 대기실에서 발을 구르고 있었다. 갑자기 그들이 나에게 무슨 말을 할까 하는 걱정에 사로 잡혔다.

"이야! 하동운! 짜식 잘 했다! 넌 우리 체육관의 간판이야! 내가 사람 보는 눈이 좀 있다니까?"

"만날 우승도 못하냐고 뭐라고 할 때는 언제고?"

철호가 나 대신 샐쭉거리며 말했다.

"그건 너희들을 채찍질하기 위함이었어!"

"헤에~"

순간 대기실의 문이 열렸다. 올 것이 왔구나.

"저, 하동운, 아까는 좋은 시합이었다."

"?"

아까의 그 녀석이다. 괜히 쫄았네. 아까까지만 해도 엄마한테 따귀를 맞는 상상을 했는데.

"너의 주먹 잘 알았다. 나도 다시 시작하겠어."

갑자기 나의 손을 억지로 잡아 악수를 했다. 혼자서 무슨 쌩쇼를 하냐?

"그럼."

그 녀석이 내 손을 놓고 대기실을 나갔다. 그러고 난 뒤 주먹의 묵직한 소리가 났다.

"야 이 새끼야. 내가 남의 도발에 넘어가지 말랬지. 그리고 너 스텝이 그게 뭐야? 네가 왕촛짜야? 잽도 엉망이고! 아 이 새끼. 너 때문에 회장님께서 화 내시며 가셨잖아!"

"회장님이 제 아버지신데요?"

"누가 몰라?"

"근데 어떻게 나를 때려요?"

"이 새끼. 네가 아무리 회장님 아들이라도 넌 어차피 계륵 같은 놈이잖아. 회장님도 그래서 경영학보다 네가 하고 싶은 거 하게 하는 거고. 네가 회장님한테 예쁨 받는 건 우승뿐 아니었냐?"

대화 내용을 엿들으려는 건 아니었다. 대기실 밖에서 그렇게 큰소리가 났는데도 모를 이가 있을까?

"……."

녀석 의외로 소심하군.

"빨리 가!"

나도 모르게 문을 벌컥 열었다.

"야, 이 아저씨야! 지든 이기든 결과는 결과지 왜 그런 말까지 하면서 진사람 마음을 더 후벼 파는데?"

"아니, 이 애송이가! 어따 대고! 너 오늘 운 좋은 줄 알아! 도발만 안 걸렸으면."

"흥. 내가 그래도 이겼을 걸?"

그 관장은 홍당무처럼 얼굴이 벌개진 채 앞으로 나아갔다. 챔피언이었던 녀석도 나를 보고 웃었다. 저런 어른들 완전 밥맛이다.

"오~ 동운이! 정의의 사나이인지 이제 알았네?"

"뭐 이런 일 가지고, 엥?"

"오늘 시합 잘 봤다."

아빠가 킬킬거렸다. 엄마는 규하 형에게 사정을 털어놓으라고 말하고 있었다. 규하 형은 나에게 SOS구조를 보냈지만 나도 어쩔 수 없다. 엄마는 또 다시 맹수처럼 돌변했다.

"언제부터 아신 거예요?"

"작년부터. 근데 이 정도인 줄은 몰랐구나."

아빠는 웃으면서 말했다.

"여보! 동운이 이 녀석을 혼내라고 했더니 지금 같이 어울려서 뭐해요!"

"에이~ 진정해! 오늘 동운이가 이긴 날이잖아~ 우리 같이 어울려서 당신 가게에서 고기 파티라도 하는 게 어때?"

"맞아요, 아줌마. 그 화장, 분장한 얼굴이 이미 사람을 울렸잖아요!"

"내가 뭘?!"

철호에게 돌아가는 건 따귀의 통증이었다. 클클 철호 녀석 그러니까 사람을 가려가면서 말해야지.

"뭐 고기라면 나쁘지 않겠네."

"앗! 내 시합 아직 안 했는데?"

철호가 허둥거린다.

"네가 이긴 것도 아닌데 왜 그래? 우리끼리 가야지."

"아, 안 돼! 나도 먹고 싶단 말이야!"

모두가 웃었다. 나도 웃었다. 대기실의 사람들이 웃었다. 웃음은 전염 된다고 했던가? 나는 또 남은 시합이 있지만 그래도 지금은 승자의 기쁨을 누리겠다. 그리고 처음에 했던 말을 정정하겠다. 천사동엔 천사는 없지만 이상한 사람들이 많다고 말이다.

"근데 동운아. 너 학교 어쩔 거니?"

엄마가 뚱한 얼굴로 물었다. 정곡이다.

"글쎄요."

반창고

김지영 | 고1

무언가가 던져지고, 깨진다. 답 없는 거친 말들이 들린다. 겪은 만큼 익숙해진다면 좋을텐데. 문 저편의 술 취한 아빠가 나는 아직도 낯설다.

일어나면 아빠는 늘 괜찮다. 몸이 걱정될 정도로 마시고 주정부려도 다음 날엔 신기할 만큼 멀쩡하다. 반듯하게 다려진 하얀 와이셔츠에 팔을 끼워 넣으며 말한다.

"태워다 줄까?"

"아니야, 괜찮아요."

"그래. 시험 언제라고 했었지?"

"6일부터요."

"열심히 해. 이번엔 확실히 올려 봐야지."

다정다감하고, 가정적인.

"오늘 아빠 늦게 들어올 것 같으니까 기다리지 말고 먼저 자."

술 취해서 깨울 거면서.

"아빠 먼저 나간다. 아침 먹고 가."

"안녕히 다녀오세요."

"응. 좋은 하루 되라. 사랑해."

가볍게 웃으며 돌아서는 뒷모습을 본다. 아빠가 들어오지 않았으면 좋겠어. 집에서라도 편할 수 있게.

작은 한숨과 함께 일어났다. 완벽한 듯 다려진 와이셔츠도 입는 순간 이미 완벽이 아닌 걸. 그래도 가야 한다. 또 다른 이유를 찾으려면.

집에서 학교까지는 20분 정도 걸린다. 예전엔 훨씬 빨리 도착할 수 있었지만 지름길이던 밭길을 아파트 공사한다며 없애 버렸다. 하지만 이것 또한 마음의 변명이다. 가고 싶지 않아. 끝없이 중얼거리는 가장 솔직한 악마.

교문이 보인다. 고개를 들었다. 당당한 척 괜찮은 척 멀쩡하게 걸어간다. 두려운데, 원망스러운데도 괜찮은 척한다. 불쌍해지고 싶지 않다.

명찰이며 스타킹 같은 것을 검사하는 선도부가 서 있다. 벌 받는 중인지 운동장에는 달리고 있는 아이들이 가득하다. 그러면서도 웃는다. 뭐가 저렇게 행복할까. 왜 웃는 거지?

웃는 아이들은 교실에도 넘쳐난다. 우습다. 혹시 서로의 웃음을 보고 웃는 게 아닐까. 어차피 사람들은 모두 미쳐 있으니까. 그 생각을 하다 보니 나도 웃고 있다.

곱지 않은 시선이 느껴진다. 웃음에 소리를 더했다. 자기들끼리 웃는 건 즐거움이고 내가 웃으니까 이상한가 보았다. 알고 있다. 이 세계에서 살아가는 한 나는 같을 수 없다.

시간은 흐른다. 즐거운 순간에도 긴장하는 순간에도, 늘 다르지 않게 흐른다. 아니, 오히려 오지 말라고 기도할 때마다 짓궂게도 빨리 흘러가 준다. 나약하다. 시간에게도 이길 수 없는 존재들. 그렇게 하루가 지난다. 평소와 다름없이. 나는 계속 혼자고, 타인들은 나 없이도 즐겁고 완벽하게 잘 지내고 있다. 초침이 수도 없이 움직였다. 이런 식으로 보내는 것은 아무런 의미가 없다고. 깨닫게 된 뒤로도 나는 살아가고 있다. 더러운 의무감에 젖어.

쉬는 시간마다 나는 할 일이 없다. 멍하게 앉아 음악을 듣거나 문제집을 만지작거린다. 엎드리기도 하고, 두리번거리기도 한다. 이렇게 있다 보면 가장 공평한, 수업시간이 온다.

시계를 봤다. 곧 종이 칠 것이다. 한숨을 쉬며 이어폰을 뺐다. 교실이 너무 조용해서 놀랐다. 아이들이 모두 어딘가에 집중하고 있었다.

"너 방금 나 쳤잖아!"

"하하하. 얘 좀 봐라. 그래, 쳤어! 너 얼굴만 믿고 까부는 거 아니꼬워서 일부러 쳤어. 어쩌려고? 왕따 티 내나?"

돌아서면서도 어깨를 툭 치고 간다. 머리가 허리까지 오는 눈이 커다란 애다. 얼굴을 가리고 자리에 앉는다. 아마 울고 있겠지. 저 애에 비하면 나는 나올지도 몰라. 안도하다가 순간 소름이 끼쳐 왔다. 나라는 속물에 치가 떨린다.

종이 쳤다. 모두가 정해진 자리에 앉는다. 수백 번 들은 종소리인데도 무슨 노래인지 알 수가 없다. 찾아보라고 하면 못 찾을 것 같다. 이 지독한 모순도 아무렇지 않게 받아들이는 사람들. 나를 제외한 세계. 줄지어 서 있는 책상에 표정이 있는 것 같았다. 책상도 지겨워하고, 더러워하고, 피하고 싶어하는 것 같았다.

오늘도 점심을 먹지 않고, 이동 수업 때에는 양호실을 핑계로 빠졌다. 이렇게 되는 대로 살아도 후회가 많은데 최선을 다하다간 자괴감에 녹아버릴 거라고 생각했다. 아무리 최선을 다해도 되지 않는 게 있으니까. 차라리 보험처럼 대충 살고 싶다. 그래도 내가 최선을 다했으면 결과는 달랐을 거라고, 핑계라도 댈 수 있을 테니까.

이렇게 하루 종일 거의 말하지 않는 날이면 내 목의 막은 떨림이 너무나도 소중하게 느껴진다. 혀가 움직이고, 입이 벌어지면서 나오는 당연한 공기의 파장이 생소하고 섬뜩하다. 그 어떤 사물도 만들어낼 수 없는, 사람이기에 가능한 무한의 다른 소리들. 집으로 가는 길에 이어폰을 빼고 어떤 멜로디를 흥얼거려 보았다. 내 몸 속이 울리고, 내 밖의 공기도 울린다. 안으로도 들리고, 밖에서도 들린다. 눈물겹게 아름답다. 하지만 나에겐 이 과정을 나눠 들어줄 사람이 없다.

늘 생각한다. 죽음. 삶은 의미 없지만 죽을 수도 없다. 세상에 나 하나뿐이라면 망설임도 없겠지만 나에겐 아빠가 있으니까. 가까운 만큼 저주스러운 사람이지만 내게 남은 건 아빠뿐이다. 유일하게 나를 사랑하고, 이해하고, 내가 어떤 인간인지 모른다. 나를 가장 증오하고, 경멸하고, 미워한다. 거울의 양면 같은 사람이다. 나와 꼭 닮아 우리 둘만 이해하는 게 이렇게 많고, 아무것도 비치지 않는 탁한 뒷면이 있다. 아빠가 없었다면 난 이미 죽었겠지. 고맙기보다는 원망스럽다.

깜빡 잠이 들었나? 전화벨 소리에 엎드려 있던 책상에서 일어났다. 노을이 어슴푸레하게 져있다. 몇 시쯤 됐을까?

"여보세요?"

"어, 아빠야. 잠깐 나와라. 오늘 맛있는 거라도 먹게."

"응? 어디로요?"

"아빠 회사 앞에 레스토랑 알지? 저번에 먹었던 데. 거기로 와."

"네. 지금 갈게요."

오랜만의 외식이다. 들어본 적도 없는 중소기업에서 일하는 아빠는 술을 너무도 좋아해서 자기 발로 걸어들어 올 때보다 누군가에 업혀올 때가 더 많다. 처음으로 술 취한 아빠가 나에게 욕하고 화낼 땐 놀라움보다는 자조가 더 컸다. 내가 뭘 잘못했다고 이러는 걸까. 나는 결백하다고 생각했지만 어느 새 내 존재 자체가 부정당하는 느낌에 슬퍼지곤 했다. 모든 이들에게 그랬다. 난 최대한 열심히 살고 있는데 이유도 모른 채 밀려나가는 느낌. 그래서 지금 이렇게 되어버린 것일지도.

멍해 있다가 고개를 흔들고 일어났다. 서둘러 옷을 갈아입고 머리를 묶었다. 이유야 어쨌든 들떴다는 건 부정할 수 없다. 아니, 솔직히 말하면 너무 좋다.

"예전부터 소개시켜주려고 했는데. 이쪽은 성은이 아줌마. 엄마 될 사람이니까 인사해."

활짝 웃고 있지만 어딘가 어색한 아빠. 당황스럽다. 그렇구나. 이 아줌마가 새엄마구나. 아빠의 절반을 책임질 사람이구나.

"안녕하세요."

나도 웃어주는 수밖에.

"안녕. 예쁘게 생겼네. 편하게 생각해. 아줌마도 정말 딸이라고 생각할 테니까."

일일 연속극에나 나올 새하얗게 착한 사람. 어제도 술 마시고 욕하던 아빠를 알까.

"그래, 뭐 먹을래? 얼른 주문하자."

이상하다. 아무렇지도 않은데, 다정함으로 비밀을 감춘 아빠는 너무도 익숙한데, 정리되지 않는다. 누군가 내 발끝을 잡고 자꾸 으로 당기려 하는 것 같다. 어지럽다.

"갑작스럽다는 거 알아. 하지만 아줌마 정말 잘 할 자신 있어. 너희 아빠 만나고부터 내가 지금까지 왜 혼자였는지 알 것 같더

라. 내 딸하고 남편 만나려고 그랬나봐."

미소를 지으며 청산유수로 말한다. 웃기지 마. 세상에 그런 마음은 없어.

"당신도 참."

쑥스러운 듯 얼굴을 붉히는 아빠. 서로 마주 보고 웃는 두 사람을 보고 깨달았다. 내 맘 속의 어수선함이 무엇 때문인지를.

"다음 달 쯤에 아줌마랑 같이 살 집으로 이사 갈 거야. 먼 곳은 아니니까 학교는 그냥 버스 타고 다니면 될 것 같다. 부담 갖고 그럴 필요 없어. 너도 엄마 생기니까 좋지?"

아마…….

"아직 재가 어색한가 봐요."

내가 잡고 있던 마지막 미련을…….

"허허, 가족끼리 뭘."

빼앗긴 거니까.

어떻게 음식을 먹고, 이야기를 하고, 집으로 돌아왔는지 모르겠다. 몇 시간 전까지만 해도 내 유일한 삶의 의미이던 사람이 돌아서서 다른 사람 쪽으로 한 걸음 걸어간 것은 생각보다 훨씬 이상한 기분이 들게 한다.

확실해졌다. 삶과 죽음의 경계라는 건 '그래, 이제 죽을 수 있겠다.' 하고 쉽게 결정 나는 게 아닐 것이다. 그럴 일 없을 거라고 생각하며 언제든 내가 원할 때 죽겠다고 자만했는데, 막상 나대신 아빠를 책임 질 사람이 나타나자 겁나고, 낯설고, 두렵다.

나는 나도 모르게 내가 없으면 큰일이라도 날 줄 알았나 보다. 아빠는 내가 없으면 알 될 것 같았다. 아빠 딸로 태어난 게 저주스러우면서도 아빠가 좋았다. 말로는 표현할 수 없다. 아빠와 나는 우리 둘만 맞는 홈으로 이루어진 퍼즐 조각 같았으니까. 나 아닌 아무도 아빠를 감당할 수 없어. 아빠 아닌 누구도 나를 살 수 있게 하지 못한다. 이 생각들 모두가 오늘 오후에 무너져버렸다.

알게 된 순간, 내가 살아야 할 이유가 사라졌다.

아침은 왔다. 늘 오는 아침이다. 내 시간은 기억을 잊고 하루 종일 켜놓았던 캠코더를 재생하는 것 같다. 해가 나타났다 사라지는 그 사이에 너무 많은 일들이 반복된다. 그랬다. 어제까지는.

아마 오늘은 다를 것이다. 나는 오늘 내 인생의 두 번째 역사를 쓰려 한다. 쓸모 없는 탄생의 역사가 아닌, 모두가 원하는 죽음의 역사를.

침대에 누워 뒤척였다. 꽤 긴 시간이었다. 그 시간 동안 많은 것을 생각했다. 갑자기 기분이 좋아졌다. 아마 내내 세상의 더러움만 생각했기 때문이겠지. 해방감이다.

학교는 갔다 올까? 아니면 그 지긋지긋한 공간을 한 번이라도 덜 가는 게 나을까?

역시 가고 싶지 않다. 즐겁다. 오늘은 내 마지막 날이니까 내 마음대로 해야지. 아무것도 남기지 않을 거다. 유치한 유서 같은 것도. 나는 내 스스로 죽는 게 아니라 우연한 사고로 죽기로 했다. 그게 내가 유일하게 사랑하는 사람인 아빠를 덜 힘들 게 할 것이다.

일어났다. 다정하고 가정적인 곧 재혼하는 아빠는 그 역할을 충실히 하고 있다. 식탁은 깨끗하고 반찬도 많다.

"아, 깼네? 왜 안 일어나나 했지."

"응. 어제 늦게 잤나봐."

"그래, 얼른 앉아. 너 서둘러야 돼."

마주보고 앉아 밥을 먹었다. 먹는 내내 특별한 말이 없다. 아직도 어색한 건가? 난 아무렇지도 않은데.

"아빠 먼저 일어날게. 밥 다 먹고 가."

"네. 다녀오세요."

"그래, 사랑한다."

좋았던 기분이 또 혼란스러워진다. 죽을 때 생기는 미련이라는 건 남은 것들에 대한 책임감, 의무감이니까. 아빠가 나에게 말해주었던 수많은 사랑, 수많은 저주가 모두 가슴으로 쏟아진다. 하나하나가 나에게 상처를 입히고 그 상처가 나를 붙잡는다. 안 돼. 생각하지 말자. 망설일수록 고통의 나날만 늘어갈 뿐이야. 그래도 다행이다. 어제는 아빠가 기분이 좋아서 지금 내 몸엔 상처가 없다. 역시는 아름다울수록 좋으니까.

걸음이 이렇게 가벼웠던 적이 있었던가. 나는 오늘 복수할 것이고 자유로워질 것이다. 비틀린 세상과 미친 사람들로부터 날아오를 것이다. 아름답게 비웃을 수 있다. 가장 사랑하고 그만큼 증오하는 아빠와 상냥한 척 속고 있는 성은이 아줌마, 예쁘다는 이유로 한 아이를 울린 이름도 기억나지 않는 어떤 여자애를.

"아아아!!!"

걷다가 크게 소리쳐 보았다. 지나가던 이들이 모두 돌아본다. 어떤 이는 웃고, 어떤 이는 놀란다. 기분 좋다. 그래, 비웃어라. 죽으러 가는 사람 비웃을 멍청한 인간이 되어라.

온몸으로 묻어나는 기쁨, 즐거움, 사랑, 미래. 내게 낯선 감정들. 꽤 아름답다. 조금 일찍 나타나지 그랬어.

달렸다. 저 앞에 날마다 두 번씩 지나는 횡단보도가 보인다. 바닥에 하얀 선으로 울퉁불퉁한 형태가 그려져 있다. 누군가 이 자리에서 나보다 먼저 자유를 얻었나 보다. 잘 됐네. 사고다발 지역이란 말이지.

앞을 보고 한 번 웃어줬다. 학교, 안녕. 안녕, 사람들.

출근시간의 사거리 4차선 도로다. 벗어날 수 없다. 멈추고 싶어도 이젠 늦었다. 끝없을 것 같은 1점 소실의 길이다. 그 중간쯤엔 목적지가 있기를 바란다.

"뭐야, 너 미쳤어? 죽고 싶어? 나이도 먹을 만큼 먹을 계집애가!"

눈이 부셔서 눈을 감았다. 끝없는 건 길이 아니라 내 생인 걸

같다.

“어머, 괜찮아? 나 알아보겠어? 성은이 아줌마야!”

픽, 웃었다. 이거 아주 웃기는 상황이잖아. 차 쌩쌩 지나가는데 뛰어들어서 발랑 넘어가다니. 여전히 하늘은 눈부신데.

잠깐. 성은이 아줌마?

“아줌마가 어떻게….”

“괜찮아, 괜찮아. 지금 앰뷸런스 불렀어. 조금만 참자.”

아, 뒤통수가 따뜻하다. 죽는 방법 독특해서 좋구나. 아빠 재혼자 앞에서 교통사고로 죽다니.

“아줌마 이 애 알아요? 난 잘못 없소! 애가 멀쩡한 길로 뛰어드는 거 봤잖아요!”

“알았어요, 알았으니까 다친 애 앞에서 소리 지르지 마요.”

그만, 날 놔주세요.

“조금만 참아. 응?”

이상하게도, 울고 있다. 눈물 콧물 범벅이 되어서는 내 머리를 끌어안고 울고 있다. 우린 어제 처음 봤잖아요, 아줌마.

구급차 소리가 들린다. 하지만 그 소리는 가까워지지 않고 점점 멀어지는 것만 같다.

“출근길이었죠, 뭐. 아뇨, 이제 괜찮데요. 네. 며칠은 입원해야 한다는데.”

눈꺼풀이 무겁다. 잠들고 싶지만 귀는 감기지 않는다. 지긋지긋한 운명. 끝까지 날 망가뜨리며 즐거워 한다.

"말도 안 돼요! 딸이 다쳤는데 어떻게? 알았어요."

전화를 끊고 한숨을 쉬며 돌아섰다. 내가 깨어난 것을 보고는 호들갑스럽게 다가온다.

"괜찮아?"

고개를 끄덕였다.

"다행이다, 정말. 아줌마 지금은 아무것도 묻지 않을게. 편히 쉬어. 아빠는 좀 있다 오신대."

창피하다. 미친 사람처럼 차도로 뛰어드는 날 보며 무엇을 생각했을까. 아빠를 욕했을지도 모르겠다. 가만히 눈을 감았다. 이대로 잠들어 깨지 않고 싶었다.

"혹시라도 말할 사람이 필요하면 아줌마한테 와. 지금까지 모아둔 사랑 많으니까."

돌아서는 소리. 바람. 열리는 문. 느껴진다. 문이 작은 소리를 내며 닫히자마자 기다렸다는 듯이 눈물이 흘렀다.

"조금도, 슬프지 않아."

병원에 있는 동안은 내내 TV를 봤다. 켜 놓았다고 하는 게 옳을 것이다. 단번에 모든 내용이 짐작되는 아침 드라마부터 하루에 수십 번씩 뉴스를 반복하는 기자들. 그렇게 멍하니 누워있기만 했는데도 내 뼈는 제자리로 돌아갔다.

"친구 왔다."

거의 내 옆에 붙어있는 성은이 아줌마가 말했다.

"몸은 괜찮아?"

"아줌마 나갈게. 편하게 얘기들 해."

이름도 기억나지 않는 애다. 이 애가 반장이던가? 왜 왔지?

"너 지금 어리둥절하지?"

"어?"

"나 누군지 기억 안 나서 얼 빼고 있잖아."

작게 웃는다. 이유 없이.

"그래. 담임 선생님이 가보라고 해서 온 거야. 그래도 내가 번쩍 손들었다. 네 얼굴 보려고."

가슴이 뛴다.

"다시 소개해야 돼? 나 진아야. 너랑 같은 반."

어색하게 입 꼬리를 올렸다. 당황스럽다. 기쁜 경악이다.

"학원 가는 길에 들른 거거든. 오래 못 있어. 다음에 또 올게. 여기 노트 필기한 거. 시험 기간에 이래서 어떻게 하냐."

노트를 주더니 돌아선다. 문 앞에서 다시 한 번 돌아본다. 손을 흔든다.

"얼른 나아라. 다음엔 학교에서 보자."

곧 병실은 정적이 된다. 아무 것도 소리 내지 않는다. 내 주위의 어떤 것도.

손을 뻗어 노트를 집었다. 어울리지 않게 지저분하다. 연필로 적은 것들은 거의가 번졌다.

'사실은 모두가 서로를 원하는 거야.'

문득 밝은 색의 포스트잇이 눈에 띈다. 썼다 지운 듯 흐릿한 글씨. 신경 쓰이는 게 하나 더 늘어버렸다.

나는 시험 전날 퇴원했다. 무리해서라도 시험은 보고 싶었다. 아직도 뒤통수에는 반창고가 붙어 있다. 머리를 조금 밀고 꿰맨 것이라 흉터가 오래 갈 것이었다. 팔의 깁스는 풀었다.

"힘들면 조퇴해."

"응. 괜찮아요."

오랜만에 아빠 차를 타고 왔다. 이른 시간이라 사람이 거의 없다.

"시험 잘 봐."

"네. 안녕히 가세요."

귀에 이어폰을 꽂고 교문으로 들어섰다. 운동장을 빙 돌아 걸었다. 고개를 들었다. 꽤 오랜만에 보는 학교다. 머리가 지끈거렸다.

교실에도 서너 명 뿐이었다. 들어선 첫 걸음에 모두의 고개가 들려졌다. 나라는 것을 확인하자 동시에 숙여진다. 꽤 우스꽝스럽다.

늘 보던 두 줄의 바싹 붙은 책상이 아니라 좋았다. 교실 저 끝까지 삐뚤빼뚤 한참의 간격을 두고 서 있다.

번호를 손가락으로 짚어가며 내 자리를 찾았다. 가방을 내려놓고 앉았다. 어제 퇴원 선물이라며 아줌마에게서 받았던 작은 인형이 가방에서 달랑거리고 있다. 만지작거리며 멍하게 있으니 또 떠오른다. 내 죽음의 이유들이.

아무 교과서나 꺼내서 펼쳤다. 정신없이 읽고 싶었다. 하지만 눈은 첫글자에서 움직이질 않는다. 학교로 돌아오자 그 지긋지긋한 자괴감이 나를 짓누른다. 상실. 자학. 끝이기 전엔 끝나지 않겠지.

음악이 끝났다. 귀를 울리는 음악이 뇌로 도착하기 전 소멸된 것처럼 기억이 없다.

MP3 플레이어를 끄고 고개를 들었다. 아이들이 몇 명 더 도착해 있다.

"어? 진아야!"

아, 애들 있는데, 기분 나쁘려나?

고개를 들더니 나를 바라본다. 웃으며 다가왔다.

"퇴원한 거야?"

"응. 어제."

"우와, 잘됐다! 축하해. 근데 퇴원하자마자 시험이라 어떡하냐."

장난스레 웃는다. 다행이었다. 진아와 마주앉아 있으면 다른 생각이 나지 않는다. 옆에서 아이들이 소곤대는 게 느껴졌다. 밝은 진아가 나와 이야기하는 게 의아한 모양이었다. 그래도 괜찮았다. 나는 '친구'와 함께였으니까.

그 날 오후, 진아가 찾아왔다. 집에서 만나는 것은 처음이었다.

“짠! 퇴원 선물 가지고 왔어.”

뒤로 감추었던 바구니를 꺼냈다. 과일이 가득했다.

“시험은 잘 봤어?”

냉장고를 여는 나에게 묻는다.

“그냥 그랬지 뭐. 넌?”

“나도. 하하.”

주스 한 잔씩을 들고 내 방으로 들어갔다. 나란히 앉아 문제집을 꺼냈다.

“학교에서 보니까 되게 좋더라. 시험 때문에 정신없어서 별 것도 못했지만.”

소리 없이 웃었다. 난 학교 싫어.

“이제 몸은 완전히 나은 거야?”

“아니. 다 아문 게 아니라 아직 조심해야 돼.”

“그렇구나.”

씨익 웃더니 또 침묵.

“내가 왜 너한테 찾아갔는지 아직도 모르겠어?”

갑자기 진아가 얘기를 꺼냈다.

“우리 부모님도 이혼했어. 나도 따돌림 당한 적 있어. 우연히 교무수첩 보고 너한테 병문안 갔어. 너도 나처럼 극복할 수 있게 해주고 싶었어. 마음만 달리 먹는다면 할 수 있을 테니까. 알려주고 싶었어.”

진아는 울었다. 그리고 자신의 이야기를 시작했다.

"우리 엄마는 장애인이야. 아니, 원래는 아니었는데 일하다가 다쳤어. 다시는 일어설 수 없다고 했어. 그 말을 듣고 아빠는 수백 번 엄마를 일으켰어. 그런데도 엄마는 못 일어났어. 아직 붕대에 피가 묻어나오는데도 아빠는 엄마를 일으키려고 했어. 다음날 일어나니까 아빠가 없었어."

볼이 간지러워서 만져보니 나도 울고 있었다.

"우리 엄마 아직도 혼자 못 자. 아빠 가버린 뒤로 날마다 수면제 먹어야만 잘 수 있어. 그래도 잠 못 드는 날이며, 밤새 울어. 방문 사이로 울음소리 듣고 있으면 정말 미칠 것 같았어. 아빠가 너무 미워서 견딜 수가 없었어. 마주친다면 죽이려 들었을지도 몰라. 그렇게 증오스러운데도, 부러웠어. 나도 도망치고 싶었어. 날마다 엄마 씻기는 게 너무 힘들었어. 화장실도 못 가, 우리 엄마. 엄마 앉히고 욕실 앞에서 기다리다 보면 정말 죽고 싶었어. 생활이 그런데 학교라고 달랐겠어? 애들한텐 늘 날카롭고 친구 같은 거 번거롭기나 하고. 끔찍했지. 그런데 난 극복했어. 어떻게 했는지 궁금하지?"

아직도 눈물 고인 눈으로 입 꼬리를 올리며 장난스레 웃는다.

"나, 죽으려고 했었어. 하루라도 도망치고 싶었어. 힘든 것보다 나를 괴롭히는 건 미움이었으니까. 무책임하게 아빠가 밉고, 바보처럼 하루종일 앉아만 있는 엄마가 미웠어. 세상이 다 없어져버렸으면 좋겠더라구. 그런데 그게 안 되니까 그냥 날 없애기로 했지. 그래서 지하철로 뛰어 들려는데 맞은편에 아빠가 보이는 거야. 근데 아빠 보자마자 드는 생각이 미움이 아니라 동정이었어. 불쌍하잖아? 다친 아내랑 어린 딸 두고 집 나올 때 마음이 어땠겠어. 죽으려는 순간에 이해한 거야. 아빠랑 눈이 마주쳤다고 생각했는데 아빠는 오는 전철을 타고 떠났어. 그건 아빠가 아니었을지도 몰라. 그게 누구였든 죽으려는 순간에 눈이 마주친 그 사람 덕분에 난 살아났어. 집에 와보니까 엄마 울고 있더라. 바닥에는 오물이 가득했어. 못 일어서는 우리 엄마 혼자 화장실 가려고 기었겠지. 세상에 내가 필요한 곳이 많았어. 그렇지 않아? 널 필요로 하는 사람도 있을 거야."

진아의 긴 이야기가 끝났다. 그리고 나는 정말로 그럴지도 모른다고 느꼈다. 이해받지 못해도 좋았다. 아빠에게는 여전히 내가 필요할 것이었다. 나는 성은이 아줌마와 아빠에게 딸로서 필요할지도 모른다. 그리고 지금은 그것만으로도 내 삶의 의미가 있다고 말할 수 있다.

"진아야, 이거."

"응? 이게 뭐야?"

나는 진아에게 청첩장을 내밀었다.

"우리 아빠, 결혼해."

"우와, 축하해. 꼭 갈게."

나는 밝게 웃었다. 이제 내 뒤통수에는 반창고가 없다.

봄이 오는 소리

전진수 | 고2

세월이 지나도 봄이 돌아오면 꽃들은 어김없이 때를 잊지 않고 온갖 아름다운 생명의 색을 뿜어내기 시작한다. 겨울의 혹독한 추위를 견디고 견딘 강인한 생명들의 숨소리가 가만가만 바람결에 밀려오면 그때야 비로소 '아! 봄이 왔구나! 어김없이 올해도 돌아왔구나!' 하며 난 봄이 오는 소리를 온몸으로 맞이한다. 바람결에 밀려오는 봄의 소리와 나를 그토록 흥분하게 하는 그것. 그것은 학창시절에 일어난 그 일과 그 아이가 봄이라는 말과 함께 내 마음 한 구석 어딘가에 엉키고 엉키어 자리잡고 있음이 분명하다. 해마다 봄이면 바람결에 그 엉켜서 응어리진 그것을 탈탈 털어 버리려 했다. 그렇다고 해서 그것이 나의 마음을 불편하게 해서 그런 것은 아니다. 그것이 내 마음에서 떠나지 않는 한 내 마음에는 영원히 봄이 오지 않을 것만 같은 그런 생각이 들었다.

그러나 그렇게 하면 할수록 더욱더 생각나고 그리움마저 드는 까닭은 무엇일까? 두 아이에 엄마가 된 지금 그동안 내가 겪어온 수많은 일들과 내가 만난 사람들이 수없이 많건만 왜 하필, 무슨 연유에서 이따금씩 생각나는지 30년이 지난 지금도 속 시원한 해답을 얻지 못하였다.

오늘은 집 앞 화단을 손질하다가 화단 한 귀퉁이를 돌 사이에 살포시 피어난 민들레를 보았다. 한줌의 흙과 좁은 틈 사이에서도 잘 견딜 수 있다고 보란 듯 피어난 민들레는 흡사 마술사가 조그마한 모자 속에서 수없이 많은 오색 천을 뽑아내는 것처럼 그 작은 몸에서 끊임없이 봄의 향기를 뿜어내고 있었다. 그 민들레를 보며 잠시 화단에 기대어 가만히 눈을 감고 있으려니 민들레 향기가 바람에 가만히 밀려오듯 그 생각이 잡힐 듯 밀려 왔다.

그때도 봄이었다. 학교 뒷산에는 소녀들의 웃음을 닮은 진달래와 명랑하고 쾌활해 보이는 개나리, 건강함을 한껏 자랑하듯 피어난 연녹색의 나뭇잎들이 따스한 봄볕에 반짝이며 학교를 봄빛으로 감싸 안았다. 이제 막 새 학기가 시작되어 힘들기도 했지만 교실 밖으로 보이는 세상은 언제나 날 설레게 만들었다. 따뜻한 봄빛을 온몸으로 느끼고 있노라면 이것이 나한테만 주어진 특권인 양 한없이 기뻤다. 그 일이 일어난 날도 나는 '나만의 특권'을 만끽하고 있었다. 햇살도 좋았고 아이들의 활기찬 웃음도 좋았다. 그런데

"누구야! 내 돈, 내 돈 누가 가져갔어?"

얼굴이 까무잡잡하고 눈이 유난히 큰 미숙이였다. 미숙이는

텅 빈 지갑을 들고 고래고래 소리를 지르다가 주저앉아 울기 시작했다. 교실은 이내 일시 정지가 되었고 나에겐 그 소리는 봄의 소리와 불협화음이 되어 들려왔다. 아이들은 모두 미숙이 쪽으로 모여들었다. 나 또한 학급 일이라 방관할 수만은 없어 아쉬움을 뒤로 하고 그 쪽으로 가보았다. 그리고 가까이에 있던 반 친구에게 무슨 일이 일어난 건지 물어보았다.

"왜 그래? 무슨 일이야?"

"아침에 미숙이 아빠께서 뭐 내고 오라고 돈을 주셨는데 도둑맞았어. 도둑."

난 순간 도둑이라는 말에 가슴이 철렁 내려앉고 말았다. 그 사건은 나와 아무런 관련이 없었지만 도둑이라니, 저 아인 자기를 제외한 나머지를 도둑으로 여기는 것일까? 그럼 마찬가지로 다른 아이들도 자기를 제외한 나머지를 도둑으로 여기지 않을까? 거기까지 생각을 해보니 결국 그렇게 따지면 우리 반 아이들 모두 도둑이 되는 것이 아닌가, 하는 생각이 들었다. 아이들은 우는 미숙에게 "어떻게 그런 일을. 괜찮아?" 하며 한 마디씩 던졌지만 위로보다는 범인이 누구일까에 대해 더 흥미 있어 하는 눈치였다. 교실은 순식간에 서로를 의심하는 마음들로 꽁꽁 얼어붙었고 아이들은 저마다 소설 속에 나오는 명탐정 '셜록 홈즈'라도 된 듯이 각자 누가 범인 일 것이라는 의견을 내놓았다. 지명된 아이는 자신의 알리바이를 필사적으로 증명하며 옆에 있는 아이들에게 동의를 구하기 바빴다. 정말 웃기는 일이 아닐 수 없었다. 겉모습 외에는 다를 것이 없는 같은 반, 같은 학년 아이들이 각각 따지는 형사, 구경하는 시민, 의심받는 도둑들로 자연스레 편을 나누어 각자 자신들의 목소리를 내고 있는 그 광경은 도무지 이해할 수가 없었다. 무슨 근거로 의심하며 무엇이 잘났기에 따지고 자신의 일도 아닌 것을 대신 맡아 수사하는지 모든 것이 짜증나고 외면하고 싶은 광경들뿐이었다. 아이의 이런 시끄러운 분위기는 수업 종으로 인해 일단 마무리되었다.

반 분위기는 극도로 침체되어 갔다. 밖에는 따뜻하고 평화로운 봄이었으나 우리 반만큼은 다시 겨울이 찾아온 듯했다. 하교 시간이 다가올수록 아이들은 도난 사건에 대한 얘기에 대해 입을 서서히 다물었다. 내가 보기에는 그건 사건이 끝났음을 의미하는 것은 아니라고 생각했다. 이젠 누구를 의심하기도 질려서 차라리 이젠 자진해서 범인이 나와 주기를 바라는 듯했다.

종례 시간이 되어 들어오신 선생님께선 예상대로 분실 사고에 대한 이야기를 하셨다. 아이들은 무슨 결론이 날까, 하는 관심 어린 눈으로 선생님을 일제히 바라보았다. 숨소리조차 들리지 않는 교실에서는 선생님의 음성이 가만히 울려 퍼졌다.

"오늘 우리 반에서 불미스러운 일이 있었다고 들었어요. 선생님은 결코 누구를 의심하지 않아요. 다만 우리 반 중에서 그런 일을 한 사람이 있다면 다시 돌려주기 바라요. 그리고 서로 같은 반이니깐 누구를 함부로 의심해서 상처 주는 일이 없었으면 합니다. 선생님은 여러분이 현명하게 행동하리라 믿습니다. 이상."

선생님의 말씀은 의외로 간단했다. 나는 내가 기대했던 바와 다른 반응을 보이신 선생님의 태도에 내심 못마땅했다. 보통의 도난 사건이 일어난 교실이라면 선생님께선 적극적으로 나서서 아이들의 소지품 검사를 한다든지 자진해서 밝히라고 하는 것이 대부분일 것이고 아이들도 그런 생각을 하고 있었을지도 모른다. 아이들은 실망한 표정으로 그만 집으로 돌아가려고 할 때, 우리 반에서 가장 덩치가 큰 주아가 책상을 치며 벌떡 일어났다. 아이들은 갑작스러운 주아의 행동에 모두 주아를 주목했다.

"야! 너희들 그냥 이대로 갈라고? 분명히 이 중에 범인은 있어. 너희들이 이대로 넘어간다면 범인은 무사히 넘어간 것에 대해 얼마나 즐거워하겠니? 그리고 이번 일을 이런 식으로 흐지부지 넘어간다면 다음 번에는 또 누가 이런 일을 당할지 모르지."

주아의 비아냥거리는 듯한 말투에 아이들은 그 말에 동조를 하며 다시 각자 자리에 앉았다. 주아는 본격적으로 무슨 말을 하려는 듯 교단 앞으로 성큼성큼 걸어 나갔다. 항상 그랬듯이 무슨 일을 하고 아이들을 모으는 것은 언제나 주아가 하였다. 그렇다고 해서 우리 반에 반장이 없는 것은 아니다. 우리 반에도 엄연히 반장이 있었으나 반장은 아이들을 하나로 이끄는 능력이 좋거나 카리스마가 있다거나 그렇다고 아이들에게 인기가 좋은 건 아니다. 단지 공부 잘하고 자기 일만 열심히 해서 선생님들로부터 귀여움을 받을 뿐이다. 난 주아가 이렇게 아이들 앞에 나설 때도 아니, 그전에 우리 반에서 이렇게 큰일이 있는데도 관심조차 보이지 않고 오늘도 어김없이 학원을 간 반장이 너무 무책임해 보이고 이미 통솔력을 잃어버리고 명예만 있는 그 모습이 불쌍하기까지 했다. 하지만 주아도 특별히 사람이 좋아서 아이들이 따르는 것 같지 않아 보인다. 주아가 힘이 있는 것은 목소리가 크고 거기에 맞는 큰 덩치와 날카로운 인상, 괄괄한 성격이 우리들로 하여금 두려움을 심어 주었기 때문일 것이다.

"그래서 어떻게 범인을 잡겠다는 거냐?"

주아 옆에 앉아 있던 아이가 물었다.

"난 좀 더 적극적인 방법만이 앞으로도 우리 반을 위해 좋을 것 같다고 생각해. 분명히 도둑은 분명히 이 자리에 있거든. 두려워 하면서 말이지."

주아는 알 수 없는 듯한 웃음과 함께 말을 마무리했다. 주아의 말이 끝나자 모두들 고개를 끄덕거리며 박수까지 쳐댔다. 무언가 알고 있는 듯한 주아의 태도에 아이들이 모두 도둑을 찾을 수 있을 거라는 일종에 정의감에 불타는 듯했다. 주아 또한 자신의 의견에 아이들이 적극적으로 반응을 보이자 신이 난 듯 흡족한 표정을 지었다. 흡사 선거에 출마해 당선된 후보자나 전쟁을 승리로 이끈 장군의 표정이라고나 할까. 주아 주변으로 아이들이 일제히 모였다.

"너 말하는 것이 누가 범인인지 이미 알고 있는 듯한 것 같다. 야! 알고 있으면 치사하게 혼자 알지 말고 같이 좀 알자."

"내가 육감 하나는 끝내주니까 뭐 확실하겠지만 아직 문증이 없어서. 근데 이번엔 거의 맞는 것 같아. 쟤!"

주아는 거만하게 팔짱을 끼고 앉아서 턱으로 은수를 가리켰다. 아이들은 일제히 저편에 엎드려 있던 은수를 흘낏 쳐다보았다.

나도 가만히 은수를 쳐다보았다. 다른 아이들과는 달리 줄인 듯한 교복에 규정에 어긋나는 머리, 퉁명스러운 말투와 지각, 조퇴, 무단결석을 자주 하는 아이, 내가 아는 은수는 그런 아이였다. 들은 바에 의하면 은수의 부모님은 이혼하시고 은수는 지금 할머니 댁에 살고 있다고 했다. 그나마 할머니와 살고 있는 그 집도 잘 들어가지 않는다는 아이들의 말을 수도 없이 들었다. 난 은수를 올해 처음 같은 반이 되어 알았지만 나에게 들려오는 은수의 얘기는 좋은 얘기는 한마디도 들을 수 없었다. 나도 그랬지만 아이들, 선생님에게도 은수의 존재는 없었다. 다만 홍밋거리나 비웃음 따위의 존재로 가끔씩 아이들의 구설수에 오를 뿐, 우리에게서 은수는 숨쉬며 서 있을 공간조차 없을 정도로 무의미한 존재였다.

"저 애가? 정말?"

한 아이의 물음에 주아는 시작하자는 듯 벌떡 일어나며 큰 소리로 말하였다.

"그때 아마 누구만 그 자리에 없었지? 어디 갔었을까? 자! 얘들아, 일단 소지품 검사나 한 번 해보자고."

아이들은 기다렸다는 듯 교실 밖으로 나갔고 부반장이었던 나와 주아만이 교실에 남아 아이들의 소지품을 확인하였다. 내가 앞에서 검사를 하자 주아는 귀찮다는 듯이 말했다.

"야! 야! 그 앞에는 할 필요 없어."

"응?"

"그 앞에는 할 필요 없다고. 이리 와서 여기나 뒤져봐."

주아는 명령하듯이 말하였다. 내가 머뭇머뭇 하자 주아는 못마땅한 듯이 은수 자리로 걸어갔다. 그리고는 은수의 가방을 확 잡아 열었다.

"지금 뭐 하는 거야? 검사하자며. 그럼 앞에서부터 해야지."

"그래서? 난 도둑을 잡으려고 한 거야. 애들 사생활엔 관심 없어."

난 순간적으로 더 이상 주아와 싸워서 나한테 득이 되지 못한다는 생각에 입을 다물었다. 주아는 은수의 소지품들을 꺼냈다. 꺼내는 것보다는 우르르 쏟아냈다고 해야 할 것이다.

"쳇, 공부도 안하고 방황하기 바쁜 놈이 일기 쓸 시간은 있나 보지? 지나가던 강아지가 웃겠다. 학교나 잘 다니라고 그래."

주아는 비웃으면서 그 따위엔 관심 없다는 듯이 일기장을 좌르르 넘기더니 이내 쓰레기통에 콱 처넣었다. 일기장은 아이들로부터 버림받은 은수처럼 아무렇게나 쓰레기통에 처박혔다. 주아는 은수의 가방에서 아무것도 발견하지 못하자 사물함에서 책상 서랍까지 꼼꼼히 뒤지기 시작하였다. 그러나 역시 아무것도 나오는 건 없었다. 난 그냥 그 자리에 말뚝처럼 서서 주아이 행동을 지켜보고만 있었다. 내가 무엇을 해야 하는지, 어떻게 해야 하는지도 알 수 없었다. 결국 주아는 아이들을 모두 들어오라고 했다. 아이들에 섞여서 교실로 들어오던 은수는 엉망이 된 자신의 자리를 들어오다 말고 멈춰서 잠시 동안 멍하니 쳐다보다가 이내 책가방과 몇몇 소지품을 집어 들고 밖으로 휙 나가버렸다.

"주아야, 어떻게 됐어? 은수는 또 왜 그래?"

"보면 모르겠냐? 자기가 도둑이라는 것이 알려지니깐 창피해서 그러는 거지. 에잇, 나쁜 놈! 벌써 돈을 다 썼는지 아니면 어디다 처박아 놨는지 머리는 좋다니까. 미리 이런 일까지 예상하고 숨겨 놓다니. 하긴 그런 일까지 해놓고서 이런 일이 있을 거라는 건 예상하고 했겠지."

"어머, 징그럽다 얘."

주아의 말에 아이들은 은수가 나간 문을 향해 비난과 능멸의 눈길을 보냈다. 그렇게 은수는 아무 증거도 없이 도둑으로 낙인 찍혔다. 솔직한 심정으로 은수가 불쌍하긴 했지만 은수를 위해 아니라고 하면서 굳이 아이들과 맞서야 할 이유가 없다는 생각이 들었다. 내가 이렇게 말하면 비웃음거리와 함께 마치 은수와 동급으로 취급될 것 같았기 때문이다. 하지만 분명한 건 주아가 확신하듯 하는 말들은 모두 주아의 추측일 뿐이라는 것이나. 주아는 책가방을 챙겨들고 일어나서 미숙이에게로 다가갔다.

"괜찮아? 은수 그 자식한테서 돈 받기 힘들 텐데, 어떻게 걸려도 하필 은수냐? 쯧쯧."

아직까지 눈이 빨갛게 부어 있는 미숙이를 애써 위하는 척하는 주아의 모습이 내게만큼은 위선적이고 가소롭게 보일뿐이었다.

"글세, 내일 학교나 나올지 몰라."

"자기도 창피한 거 알면 나오겠냐? 나 같으면 차라리 학교를 그만둔다."

"하하하."

주아의 말에 아이들은 일제히 박수를 치며 깔깔거렸다. 난 웃지 않았다. 모두다 똑같아 보였다. 아이들로부터 따돌림을 받게 행동한 은수도, 그런 은수를 감싸주지 못하고 우리 반에서 영원히 추방하려고 하는 나와 잔인한 웃음을 짓는 아이들도….

일단 짜증나고 소란스러운 일은 어쨌든 끝났다. 아이들이 모두 집에 돌아간 후 난 교실 뒷정리를 하고 집에 가려고 하는데 뭐가 개운하지 않았다. 아무래도 그게 무엇인지 찾아내기 전까진 집에 갈 수가 없을 것 같았다. 난 교실 한 바퀴를 천천히 둘러보았다. 그러나 도무지 그게 무엇인지 찾을 수 없어서 그만 포기하고 책가방을 매고 나오는 순간 교실 문 옆 쓰레기통에 아무렇게나 버려진 일기장을 보게 되었다. 그냥 둘까 하다가 그것을 꺼내 들고 도망치듯 서둘러 교실을 빠져나왔다. 나도 순간 도둑이 된 듯했다. 아이들의 비난 소리가 귓가에서 뱅뱅 맴도는 것 같았다.

'괜찮아. 이건 버려진 거야. 내가 아니면 이건 소각장 불 속으

로 들어가겠지? 그게 더 나쁜 거 아니겠어? 그리고 이걸 버린 것도 내가 아니고 주아 짓인 걸.'

난 애써 내 자신과 타협하면서 빠른 걸음으로 집으로 돌아왔다. 집에 돌아와서도 누가 볼세라 그 일기장을 책상 맨 아래 서랍에 넣고 잠가버렸다. 내 심장은 심하게 고동쳐 더 이상 불면 터질 듯 위태로운 풍선 같았다. 난 마음을 진정하며 그 일을 잊으려고 노력했다.

다음 날 아침, 난 평소와 마찬가지로 아침 일찍 집을 나섰다. 학교는 아직 조금 이른 시간이라서 그런지 아침 이슬에 반짝이는 봄빛에 고요히 안겨 있었다. 복도를 걸어가고 있을 때 저 쪽 복도 끝에서 누군가가 나를 향해 달려오는 것을 보았다. 모자를 푹 눌러 써서 얼굴이 잘 보이지는 않았다. 그 아이가 나를 툭 치며 지나쳤다. 순간 은수라는 것을 알았다.

"자, 잠깐만."

난 나도 모르게 큰 소리로 은수를 불러 세웠다. 은수는 멈춰서 슬며시 뒤를 돌아봤다.

"잠깐, 너, 너 혹시 은수? 은수 아니야?"

난 그때 은수의 눈이 커짐을 느낄 수 있었다. 은수는 잠시 동안 쳐다보다가 내가 같은 반 아이라는 것을 알았는지 다시 뛰기 시작했다.

"으, 은수야! 어디가! 잠깐만 기다려!"

나는 은수를 잡으려고 힘껏 달렸다. 내가 왜 그래야 하는지는 몰랐다. 그냥 은수를 잡아야만 할 것 같았다. 하지만 이미 은수는 어디론가 사라져버렸다. 난 그 자리에서 한참 동안 멍하고 서 있었다. 아침 조회시간이 되도록 은수는 다시 오지 않았다.

"16번 이은수."

"……."

"이은수, 은수 안 왔니? 큰일이네 이렇게 매일 결석에 지각, 조퇴 출석부가 깨끗할 날이 없으니."

선생님께서 걱정인지 질책인지 모를 말을 하셨다. 출석을 다 부른 선생님께서는 몇 마디 간단한 조회를 하시고 나가셨다.

"거봐, 내 말이 맞지? 은수 걔 안 나온다고 했잖아."

주아는 자신의 예상이 맞자 기세등등해져서 말했다.

"그 계집애 그래도 창피한 건 아나보다. 난 얼굴에 깐 철판이 하도 두꺼워서 오늘도 뻔뻔하게 나올 줄 알았지. 하하하"

주아 옆에 있는 아이가 주아 말에 맞장구를 치자 모두 저마다 한마디씩 하며 웃었다. 난 그것이 봄에 꽃잎을 떨어뜨리는 비바람만큼이나 싫었다. 은수에 대한 비난이 담긴 웃음이 자욱이 교실을 덮었을 때 난 이상한 모습을 보게 되었다. 제일 통쾌하고 기뻐해야 할 미숙이 얼굴이 오히려 굳어 있었다. 다른 아이들처럼 박수를 치며 깔깔거리지도 않았고 아무 말도 하지 않았다. 그저 웃는 아이들을 물끄러미 쳐다보다가 엎드려 버렸다. 도무지 이해할 수 없었다. 이상한 건 그뿐만이 아니었다. 체육시간, 언제나 체육시간엔 누구보다도 활기차게 활동하고 설사 아프다 하여도 빠지지 않는 미숙이가 오늘은 어깨에 힘이 쭉 빠져 혼자 걸어가는 것을 보았다. 그 까무잡잡하던 얼굴이 오늘은 누구보다도 창백해 보였다. 미숙이 뒤를 쫓아가고 있을 때, 주아가 미숙이에게 다가가서 어깨동무를 하며

"왜 이렇게 기운이 없어? 돈 못 찾아서 그러냐? 어제 혼났어? 그래도 앞으로는 그럴 일이 없을 테니깐 걱정하지 마. 이번만 네가 우리 반을 위해 희생양이 되었다고 생각해라. 야! 잊어버리고 힘내."

하며 어깨를 툭툭 치고는 자기 친구들이 있는 쪽으로 달려갔다. 체육시간이 시작되자 미숙이는 아프다며 운동장 한 구석에 앉아 있었다.

'아까도 아파서 그랬나?'

미숙이는 하루 종일 거의 말이 없었다. 아무래도 부모님께 많이 혼났거나 아니면 정말로 아파서 그럴 것이라고 치부해 버렸다.

다음 날도 그 다음 날도 은수는 나타나지 않았다. 은수의 빈자리만 쓸쓸히 교실의 한 공간에 덩그러니 남아 오지 않는 주인을 기다리고 있을 뿐이었다.

은수의 빈자리는 의외로 커다랗게 다가왔다. 옛날엔 있는지 없는지 조차 몰랐던 은수, 하지만 은수가 빠져 있는 우리 반은 무엇인가 불완전해 보였다.

꽃이 절정을 이루고 교실 밖으로 꽃비가 떨어질 무렵 미숙이

가 날 찾아왔다.

"부반장, 잠깐 나랑 얘기 좀하자."

나는 갑작스러운 미숙이의 말에 약간 놀라며 미숙이와 옥상으로 올라갔다.

"무슨 일이야?"

"너 혹시 말이야. 그 날. 그 날 이후로 혹시 은수 만난 적 있었니?"

순간적으로 그 다음날 아침 등굣길에 은수와 마주친 일이 생생하게 떠올랐다. 은수의 그 커진 눈도. 하지만 말을 잘못했다가는 나까지 무슨 일이 일어날지 모른다는 생각이 들었다.

"아, 아니 왜?"

"정말? 정말 못 봤어?"

"으, 응."

"그래? 아니야, 괜히 불러서 미안."

미숙이는 탄식과 약간 서글픈 표정을 뒤돌아섰다.

"잠깐! 가지 마! 무, 무슨 일인데 그래?"

난 급하게 미숙이를 다시 불러 세웠다. 미숙이는 멈칫하며 날 돌아봤다.

"아니야. 정말로 너랑 상관있는 일은 아니니깐."

"사실, 사실 말이야. 나 봤다."

미숙이는 흠칫 놀란 얼굴을 하며 나를 쳐다봤다. 미숙이 눈은 커질 대로 커져서 송아지의 눈망울처럼 일렁거렸다.

"사실 말이야. 그 일이 있고 난 다음 날 아침 일찍 학교를 등교하다 복도에서 마주쳤어. 날 보더니 막 도망가는 은수를 말이야. 이런 말하면 나도 은수하고 같은 취급을 당할까 봐 말 못하고 나 혼자만 그냥 묻어두었던 거야."

"역시, 역시 은수였구나. 이젠 어떻게 하지? 어떻게 하면 좋지?"

미숙이의 그 큰 눈에서 하나 둘씩 눈물이 그렁그렁 맺히더니 이내 얼굴이 눈물범벅이가 되어 버렸다. 난 갑작스런 미숙이의 울음에 어찌할 줄 몰랐다.

"왜 그래? 미숙아. 자 그만 울고 말해 봐. 왜 그러는 건데?"

"은수 걔 나 때문에 못 나오는 거야."

미숙이는 나에게 꼬깃꼬깃한 흰 봉투를 내밀었다. 그 속에는 봉투처럼 손때 묻고 꼬깃꼬깃한 푸른 지폐 5장이 들어 있었다.

"이게 무슨 돈이야? 왜 이렇게 많아?"

"그거 은수가 내 책상 속에 놓고 간 돈이야."

"잘됐네. 돈도 다시 찾고 오히려 기뻐해야 할 일 아니야?"

"아니, 내가 잃어버린 돈은 1만5천 원뿐이라고."

"뭐? 그럼 이 돈은 뭔데? 은수가 놓고 갔다며 이거 너무 터무니없는 돈이잖아."

"그리고 사실, 사실 말이야. 그 돈 안 잃어 버렸어."

"뭐라고?"

미숙이는 고개를 숙인 채 말했다.

"그 날 난 엄마한테 혼날까봐 집에 들어가자마자 일부러 신경질을 내면서 엄마한테 그날 있었던 얘기를 했어. 은수가 정말로 나쁜 아이라고 욕하면서까지 말이야. 그런데 엄마께서는 내가 돈을 잃어버리고 온 것에 대해선 아무 말씀도 하지 않으셨어. 돈을 잃어버린 것보다는 내가 은수를 의심하고 욕하는 것에 대해서 더 뭐라고 하셨지. 엄마와 얘기가 끝나고 방으로 들어와서 책상 서랍을 열었는데, 거기 돈이 있었던 거야. 난 정말 내가 놓고 온 줄 몰랐어. 은수를 미워해서 그런 것은 절대 아니야. 물론 은수를 안 좋게 생각하고는 있었지만."

"야! 그럼 말해야 하는 거 아니야? 너 만약에 이번 일로 은수가 자살이라도 하면 그 땐 어쩔 거야? 네가 책임질 수 있어? 아무리 미운 친구라고는 하지만 은수가 그런 것이 아니라면 아이들이 올바르게 판단할 수 있도록 사실을 왜곡하진 말았어야지."

난 나도 모르게 흥분하여 미숙이에게 심한 말까지 하였다. 그건 비단 미숙이 뿐만 아니라 은수가 아니라는 것을 알면서도 아이들의 생각에 동조해 잠시나마 은수를 범인이라고 생각하고 아이들에게서 정의롭게 행동하지 못한 나에 비겁함에 대한 분노이기도 하였다. 난 그 날 똑똑히 보았다. 교실에서 밖을 바라보고 있을 때 내 눈 안에 들어온 풍경. 은수가 학교 앞 화단에서 물끄러미 쪼그려 앉아 무엇을 바라보고 있는 모습을 나는 보았다.

"나도 처음엔 말하려고 했어. 은수가 아니라고. 내가 실수해서 그랬다고 말하고 은수에게 미안하다고 하고 싶었어. 그러데 기회를 놓쳤어. 아이들 모두 주아 편인데 어떻게 말해. 나 이제 어떻게 하지? 이거 말해야 하는 거 알지만 비밀로 하고 싶어. 나 주아가 너무 무서워. 나도 은수처럼 될까 봐 두려워. 흑흑."

"이 바보야! 운다고 되는 일이 아니잖아. 애들한테 은수가 아니라고 말해 줄 사람, 아

이들의 말로 짓밟혀 죽은 은수를 살릴 수 있는 사람은 너뿐이라고."

"네가 도와줘. 응? 넌 부반장이란 명분이 있잖아. 주아한테 찍히면 어떻게 되는지 네가 더 잘 알잖아."

난 차마 미숙이의 말을 거절할 수 없었다. 주아에게 거슬리는 존재는 우리 반 전체에게 거슬리는 존재가 되어 버리는 것이 당연한 이치이고 규칙처럼 우리 사이에 자리 잡고 있었기에 미숙이 역시 그것이 두려웠을 것이다. 난 일단 받은 돈 봉투를 책가방 깊숙이 챙겨두고 고민하기 시작하였다.

'그냥 담임 선생님께 맡길까? 그래도 미숙이가 나한테 부탁한 건데. 잘못하면 우리 반 애들이 다 알게 될지도 몰라. 선생님께서 은수가 아니라고 하면 은수만 감싼다고 생각해서 더 역효과가 날지도 모르잖아. 그래도 내가 나설 이유는 없는데. 어쩌면 좋아.'

집에 돌아오는 길이 천리, 만리나 되는 것 같았다. 집에 돌아와서도 난 내 침대에 누워서 한참을 고민했다. 그러다 문득 서랍을 보게 되었다. 그리고 그 속에 오래 전에 내가 감춰 두었던 은

수의 일기장이 생각났다. 난 용수철이 튀어 오르는 것처럼 침대에서 벌떡 일어나 서랍장 문을 열었다. 그리고는 은수의 일기장을 꺼내 들었다. 남의 일기장을 훔쳐본다는 것이 겁났지만 호기심에 못 이겨 조심스럽게 한 장 한 장 넘겨 읽기 시작하였다.

「0000년 0월 0일

지난 번 고물상에서 얻어온 알람 시계가 말썽을 부려서 늦잠을 자는 바람에 신문 배달이 늦어지고 말았다. 덕분에 교복도 못 입고 학교도 지각하고 말았다.」

「0000년 0월 0일

은진이가 아파서 걱정이다. 오늘도 학교에서 쓰러졌다는 소식을 듣고 부랴부랴 응급실로 뛰어갔다. 침대에 누워 있는 파리한 은진이를 보면서 이럴 때 언니로써 해줄 수 있는 것이 아무것도 없다는 사실이 너무 슬펐다.」

일기를 한 편 한 편 읽을 때마다 은수에 대해서 그동안 너무 모르고 무조건 나쁘게 색안경을 끼고 본 것은 아닌가, 그리고 은수가 그런 시선들로 인해 얼마나 상처받았을까, 하는 생각이 들었다. 거의 마지막 장을 읽고 있는데 그 중에서 내 눈을 확 잡아 끄는 내용이 있었다.

「봄이 너무 기쁘다. 우리 엄마가 좋아했듯이 나도 소박한 민들레가 너무 좋다. 우리 학교 뜰에는 민들레가 너무 아름답게 피어 있다. 다른 것들은 모두 외면해도 민들레만큼은 날 엄마의 미소로 감싸주는 것 같아서 볼 때마다 마음이 따뜻해짐을 느낀다

그리고 오늘은 우리 반 부반장이 처음으로 내 이름을 불러 주었다. 학교를 다니는 동안 아이들한테 내 이름을 듣는 것이 아마 처음일 것이다. 나도 다른 사람이 불러주는 내 이름이 조금은 어색해서 흠칫 놀라긴 했지만 사실 난 너무 기뻐서 눈물까지 나왔다. 아마 우리 반 부반장도 마음에 민들레를 품고 있는 아이가 아닐까? 보이진 않지만 그 아이의 말에서 봄을 부르는 민들레 향기가 묻어 나오는 것을 느낄 수 있었기 때문이다.」

난 순간 가슴이 철렁하고 내려앉아서 숨을 쉴 수가 없었다. 무엇인가 모르게 내 가슴을 꽉 누르고 있는 것만 같았다. 일기장을 덮으려는 순간 일기장 속에서 무엇인가 툭 떨어졌다. 편지 봉투였다. 받는 이에는 은수 앞이라고 써 있는 것을 보니 누군가 은수에게 보낸 편지일 것이다. 난 그것이 누구인지 알 수 있을 것만 같았다. 편지 봉투 속에 곱게 말린 민들레 한 송이가 들어 있었기 때문이다. 난 다시 일기장 속에 봉투를 넣으려 할 때 편지 봉투에 은수 주소가 적혀 있다는 사실을 깨닫고 돈 봉투와 일기장을 챙겨들었다.

"엄마, 저 잠깐 나갔다 올게요."

"어디 가는 거니? 이제 곧 저녁 먹을 시간인데."

"엄마 죄송해요. 급한 일이라서 그래요. 금방 돌아올게요."

난 엄마의 대답도 듣지 않고 집을 나왔다. 길을 물어가며 간신히 은수 집을 찾았다. 그러나 이상하게도 은수 집은 생각보다 엄청 큰집이었다. 주위를 아무리 둘러봐도 내가 생각하는 은수의 집은 없었다. 일단 주소에 적힌 데로 초인종을 누르고 기다렸다.

"누구세요?"

"여기 혹시 이은수 학생 집인가요? 같은 반 친구인데요."

"학생, 그 집은 여기 담을 돌아가야 있어."

"아, 네 감사합니다."

여기저기 기웃거리다가 옆을 보니 담과 담 사이 게걸음으로 간신히 들어갈 수 있을 정도의 통로가 있는 것을 알았다. 그 길 끝에는 집인지 창고인지 알 수 없는 집이 간신히 붙어 있었다. 앞에 큰집들에 가려 한 줄기 빛조차 들어오지 않는 집은 금방 뭐라도 튀어 나올 듯 했다. 정말 이런 곳에서 사람이 살 수 있을까, 하는 생각이 들 정도였다.

"저기요, 아무도 안 계세요?"

한참 만에 가냘픈 목소리가 들려왔다.

"누구세요?"

"혹시, 은수네 집인가요? 같은 반 친구이거든요."

"콜록. 언니 지금 없어요. 조금 있으면 오는데. 콜록콜록. 제가 지금 못 나가서 그런데 문 열려 있으니깐 들어와서 기다리세요."

"아, 아뇨, 다음에 다시 올게요."

난 그 골목을 빠져나와 가로등에 기대어 이것저것 생각해 보았다. 은수가 그동안 얼마나 힘들게 생활했을까. 그리고 은수는 왜 자기가 가져가지도 않는 돈을 미숙이 책상 속에 넣고 도망갔을까. 가로등이 깐빠깐빠 켜지고 푸르스름한 어둠의 커튼이 세상을 살포시 덮을 무렵 은수가 장바구니를 들고 힘겹게 올라오는 것을 보았다.

"은수야! 이은수!"

은수는 놀라지 않았다. 귀찮다는 듯이 한 번 슬쩍 쳐다본 뒤 못 본 척 좁은 골목으로 들어가려고 했다. 난 은수의 팔목을 잡아 세웠다.

"오늘은 그냥 가지마. 은수야! 이은수! 나 일부로 너 보려고 여기까지 왔단 말이야."

나는 은수의 눈이 살며시 흔들리는 것을 느꼈지만 은수는 고개를 돌려 그것을 애써 감추려하고 있었다.

"저 쪽에 벤치 있던데, 거기에서 얘기할래? 너한테 줄 것도 있고."

은수는 한참 만에 입을 열었다.

"너 담임이 시켜서 온 거냐?"

나는 고개를 설레설레 저었다. 그러자 은수는 한결 부드러운 표정으로 나를 따라왔다. 일단 벤치에 앉았다. 어색한 침묵이 계속해서 흘렀다. 은수가 갈라진 목소리로 먼저 그 침묵을 깼다.

"할 말 있다며."

"난 솔직히 너한테 실망했다. 왜 그런 거냐?"

"뭐가? 뭘 말이야?"

난 돈 봉투와 일기장을 내밀었다.

"이거. 난 네가 범인이 아니라는 것을 알아. 내 눈으로 본 것도 있고. 근데 네가 무슨 생각으로 터무니없는 돈을 네가 도둑이라는 누명까지 쓰고 미숙이에게 주었는지 난 도무지 이해가 안 된다. 영웅 심리로 이런 거야? 아니면 진짜 범인을 감싸려 한 거냐? 네가 지금 하고 있는 것은 멋있는 것도 선행도 아무 것도 아니라고. 근데……."

"그런데 왜 내가 이렇게 바보 같은 짓을 했는지 궁금하다 이거야? 난 그 돈을 거기에 갔다 넣으면서 무슨 생각을 한 줄 아니? 그래. 나도 바보 같다는 생각을 했어. 솔직히 그 돈이면 내 동생, 나, 할머니, 이렇게 일주일 정도는 좋은 음식을 먹으면서 지낼 수 있다고. 하지만, 난 그런 생각을 했다. 옛날에 엄마께서 읽어주신 '사랑의 학교'라고 하는 책에서 나오듯이 다른 사람의 잘못은 질책보다는 사랑으로 감쌀 때 마음에서 우러나오는 변화가 있는 거라고 생각했어. 내가 이렇게 하면 그래, 솔직히 어떨지는 모르지만. 그 애가 죄책감으로 다음에는 안 그럴 거가는 생각에서 그랬어. 설사 그게 아니더라도 불쌍하잖아. 난 이미 애들로부터 곱지 않는 눈길에 익숙해졌지만, 그엔 얼마나 나처럼 힘들어하면서 학교 다녀야겠니. 으하하하하 흐흑흑."

은수는 통쾌한 듯 웃더니 이내 그 웃음이 울음이 되어 버렸다.

"여기가 이곳에서 가장 높은 곳이야. 이곳에 올라오면 금방이라도 하늘을 날 수 있을 것 같은 상상에 빠져들어. 특히 봄에 이곳에서 밑을 바라보면 내가 이 세상에서 제일 높은 것 같앗 얼마나 기쁘지 몰라. 그동안 난 내가 너무 모든 것을 아름답게만 보고 생각하려고 했던 것 같아. 사실은 그게 아닌데 말이야. 흑흑. 너무나 어렵고 힘든 세상인데 말이야. 민들레 한 송이가 버티기엔 너무 냉혹하고 견디기 힘든 세상인데."

난 무슨 말이라도 해주고 싶었으나 아무 말도 해줄 수가 없었다. 은수의 들썩이는 어깨에는 우리 나이로서는 너무 지고 가야 할 짐이 많아 보였다. 은수의 눈물이 일기장에 뚝뚝 떨어졌다.

"이런 거 이젠 필요 없어. 이 세상을 살아가려면 내 스스로 견뎌야 하니깐."

은수는 갑자기 일어서더니 일기장을 조각조각 찢어서 날려버렸다. 그 조각들은 은수의 눈물과 함께 반짝거리며 봄바람을 타고 하늘 높이 날아갔다. 그것은 흡사 민들레 씨가 날아가는 모습 같았다. 하늘을 향해 마음껏 날개를 달고 날아가고 싶은 은수를 대신해서 훨훨 날아가는 것 같았다. 은수가 말하던 봄을 부르는 민들레를 품고 아이는 내가 아닌 바로 은수라고 생각했다. 거대한 파도 같은 세상을 향한 은수의 그 여린 몸에서 저 발밑으로 보이는 차갑고 냉정한 세상에 봄을 알리는 민들레 향기를 끊임없이 퍼트리고 있는 은수의 모습을 보며 어쩌면 봄은 은수와 같이 민들레를 품고 있는 여린 가슴들로부터 오는지 모른다는생각이 들었다.

"내일 학교 올 거지? 내일 학교에서 보자."

나는 마음이 뭉클해져 더 이상 그 곳에 있을 수 없었다. 그 민들레 향기에 취해 몽롱해져서 머리까지 지근지근 아파 왔다.

다음 날 여전히 은수는 조회시간이 되도록 나타나지 않았다.

"16번 이은수. 은수 또 결석이니?"

"아뇨, 왔습니다. 죄송합니다."

문이 열리고 막 달려온 듯한 은수가 숨을 헐떡거리며 교실로 들어왔다. 아이들은 갑작스러운 은수의 출연에 수군거리기 시작했다.

"오랜만에 우리 반이 꽉 채워져서 선생님도 기분이 좋네요. 오늘 하루도 수업 잘 듣고 열심히 생활하세요."

선생님께서 나가시자 제일 먼저 주아가 은수를 향해 비아냥거리는 말투로 시비를 걸었다.

"또 돈이 떨어졌나보지? 학교를 다 오고."

"맞아. 재 정말 철면피다. 안 그래?"

은수는 아이들이 뭐라고 하든지 별 반응을 보이지 않았다. 마치 이런 것쯤은 당연하다는 듯이 자기 할 일만 하고 있었다. 은수가 별 반응을 보이지 않자 주아는 은수 자리에 가서 책상을 발로 툭툭 치며 말했다.

"야~ 천재 도둑님께서 이렇게 행차하시니 몸 둘 바를 모르겠습니다. 하하. 네 경험을 바탕으로 추리 소설 같은 거 쓰면 잘 나가겠다. 이 길로 소설가나 되지 그래?"

아이들은 주아의 능청스러운 말투에 웃으면서 박수까지 쳐댔다. 난 더 이상 참을 수 없어 나도 모르게 버럭 소리를 질렀다.

"야! 너들 너무 하잖아. 오랜만에 학교 온 친구한테 무슨 짓이야. 은수한테 뭐라고 하지 마. 은수가 그런 것도 아니란 말이야."

주아를 비롯한 은수 주변에 있는 아이들이 일제히 나를 쳐다봤다.

"그럼 누군데. 너냐?"

"아니, 그게 아니고. 아무튼 은수는 아니야. 단지 자기가 뒤집어썼을 뿐이라고."

나는 힐끗 미숙이를 쳐다봤다. 미숙이는 나를 살며시 쳐다보다가 시선을 피해버렸다.

"너 무지 웃긴다. 네가 언제부터 이은수한테 관심이 있었다고 이제 와서 혼자 착한 척이냐? 만약 얘가 하지 않았다면 미숙이 돈은 어떻게 된 거냐? 귀신이 가져갔나보지?"

내가 뭐라고 대응하지 못하자 주아는 기세등등해져서 계속 몰아붙였다.

"말해 보라고. 왜 얘가 여태까지 자기가 도둑 마냥 행세했냐? 넌 이은수 이 자식이 그렇게 착한 애라고 생각해? 아니지, 설사 이은수가 하지 않았더라도 머리가 대단한 것은 마찬가지네. 안 그러냐? 애들아?"

"그렇지. 하하하."

주아에게 도전한 대가로 돌아오는 것은 비웃음뿐이었다.

"야! 이은수 넌 다른 일 하지 말고 나중에 소설가나 해 보지 그래? 네 경험을 바탕으로 말이야. 억울하면 하소연이라도 해 보던지. 네가 나중에 소설가가 돼서 오면 내가 용서를 빌게. 하하하.

하긴 넌 좀 힘들겠다. 머리는 좋은데 말이지. 학교를 그렇게 안 다니니 요즘 소설가는 아무나 되냐?"

은수는 아무 말도 하지 않았다. 분노도 체념도 그저 그냥 흘려들으려 애쓰고 있는지도 모른다. 그러는 은수가 너무나도 딱했지만 난 아무것도 해줄 수 없었다. 이제는 내가 은수한테 학교 오라고 한 것이 미안할 정도였다. 날이 갈수록 은수에 대한 아이들의 비아냥거림과 괴롭힘은 계속되었다. 은수는 아이들의 비아냥거림 속에서도 비교적 학교를 열심히 나오는 편이였다. 그러나 은수의 학교생활은 오래가지 못했다. 여름의 기세에 밀려 소리도 없이 사라지는 봄처럼 무슨 이유인지 모르지만 은수는 봄이 끝나고 무더운 여름이 찾아 올 무렵, 결국 학교를 그만두었다. 그 뒤로도 봄이 찾아 올 때쯤이면 몇 번이나 찾아갔지만 은수를 만날 순 없었다. 그렇게 봄이 여러 번 지나가고 사회인이 되었을 무렵, 그 일은 내 가슴 속 저편으로 묻혀 갔다. 은수와 민들레와 봄이 함께.

상큼한 바람이 코 끝에 맴돌다가 내 머릿결을 부드럽게 쓰다듬고 지나갔다.

"엄마! 엄마! 자요?"

"으응? 아니야."

막내딸의 그 조그마한 손길에 살며시 눈을 떴다. 딸아이는 무엇인가 들고는 씽긋 웃으며 날 쳐다보고 있었다.

"이? 미희 손에 들고 있는 긴 뭐지?"

"헤헤. 아까 우체부 아저씨가 그러는데 이게 봄이 엄마한테 주는 선물이래요."

미희는 아주 자랑스러운 듯이 내 무릎 위에 무언가를 턱하니 내려놓았다. 보내는 사람도 안 적혀 있는 우편물을 뜯어보니 정말로 겉표지가 봄을 담은 듯한 예쁜 책 한 권이 나왔다. 한 참 뒤 난 이걸 보낸 사람이 누군지 알 것만 같았다. 책 뒤에 곱게 말린 민들레 한 송이와 적혀있는 글.

「당신께 봄을 선물합니다. 그 날 그 때의 일을 작가가 된 이제는 그만 봄의 바람을 타고 날아가는 민들레 씨처럼 저 멀리 날려버릴까 합니다. 이젠 나의 마음에도 추웠던 겨울은 가고 따뜻한 봄만 늘 자리 잡고 있을 것 같습니다.」

순간 마음속에 있던 응어리들이 녹아 흘러넘치는 것을 느꼈다.

"엄마. 왜 울어요."

"너무 좋아서. 오래 전부터 마음속에 있는 민들레를 감싸고 있던 얼음이 녹아서 흘러나오는 거야. 이젠 정말로 봄이 왔나 보다."

"민들레요?"

"응. 착한 마음을 갖고 있는 사람들에게는 마음속에 민들레가 들어있거든. 자, 눈을 감고 민들레가 우리 미희한테 봄이 왔다고 속삭이는 것을 들어봐."

미희는 두 눈을 꼭 감고 숨을 한껏 들이마셨다.

"엄마. 정말 민들레가 속삭이는 것 같아요."

나는 딸아이를 꼭 안아주었다. 딸아이에게선 예전에 은수에게서 처음 맡았던 민들레 향기가 은은히 풍겨 나오는 것 같았다. 매년 봄은 바람을 타고 잔잔하게 다가왔다. 하지만 이번 봄만큼은 작가가 된 한 친구의 민들레 향기를 타고 그렇게 내 마음 속에 다가와 바람조차 녹일 수 없었던 응어리를 향기롭게 휘감아 녹여 버렸다. 이젠 오래 전에 은수가 내 마음에 심어주었던 민들레처럼 나도 소외받고 상처받는 사람들의 마음에 작은 민들레를 심어주고 싶다. 힘을 내라고. 그래도 아직 세상은 민들레를 품고 사는 사람들이 있기에 봄은 매년 찾아온다고 외치며 내 마음 한 구석에 자리 잡은 그 일들을 민들레 향기에 날려 볼까 한다. 어린 날의 슬픔과 눈물과 나의 작은 민들레 씨를.

잠

윤정원 | 고2

하늘이 나른해졌다. 수요일 5교시 창가는 조그마한 파라다이스. 따사로운 햇살이 내 온몸으로 쏟아졌다. 아니, 들이붓는다는 표현이 옳을 지도. 창밖으로 보이는 노란 은행잎과 붉은 단풍잎이 색색의 연주를 하고 있었다. 가을바람이 어쩜 이렇게도 따뜻할 수 있을까. 봄바람보다도 따뜻한 바람이 살랑살랑 머리를 부드럽게 쓰다듬고 지나갔다. 수학 선생님의 목소리가 한없이 아련해졌다.

"어머, 효신이 자는 거야?"

잠결에 누군가의 목소리가 들렸다. 익숙한 목소리. 현우다. 아니, 자는 거 아냐—라고 대답해 주려고 목소리를 내려 했지만, 목소리가 나오지 않았다. 아아, 나 지금 자고 있는 건가. 그래서 목소리가 나오지 않는 건가. 졸음이 데구르르 굴러서 온몸에 퍼진 듯 했다. 졸립다. 책상 위에 엎어진 채 꼼짝하기도 싫어졌다. 귓가에서 웅얼거리던 아이들의 목소리도 하나 둘 사라져갔다. 현우 목소리도 작아졌다. —도대체 어제 밤에 뭘 했기에 이렇게 퍼져 자는 거냐, 이효신?— 그러게, 나 어제 뭘 했더라? 정말 졸려.

* * *

Yes I'm lonely wanna die
그래 나는 외로워 죽고 싶어
Yes I'm lonely wanna die
그래, 나는 외로워서 죽고 싶다고
If ain't dead already
내가 아직 죽지 않았다면
Ooh girl you know the reason why
너는 그 이유를 알 거야

* * *

"너, 요즘 정말 많이 자는 것 같아."

잠에서 덜 깬, 그야말로 비몽사몽 상태로 도서실로 수업을 받으러 가는 도중, 현우가 말한다. 맞는 말씀. 나도 느껴, 라고 말할 수도 없을 만큼 졸음은 내 곁을 떠나지 않는다.

"으응. 너무 졸려."

"밤에 뭘 하기에?"

현우의 의아스럽다는 질문에 나는 잠에 취해 대답한다. 아니, 밤에도 잘 자는데 이러네. 왜 그런지는 나도 모르겠어.

“봄이면 춘곤증인 거고, 음, 그럼 가을이니까 추곤증인가? 아프다고 양호실 가서 잘래?”

현우의 제안에 나는 고개를 끄덕인다.

* * *

In the morning wanna die

아침에 죽고 싶어

In the evening wanna die

저녁에 죽고 싶어

If I ain't dead already

아직 내가 죽지 않았다면

Ooh girl you know the reason why

너는 그 이유를 알 거야

* * *

양호실 침대에 나보다 먼저 웅크리고 있던 햇살이 너무나도 따사롭다. 가을 같지 않은 가을이다. 기후 이상으로 요즘은 가을이 사라지고 겨울이 빨라진다고 하던 말이 무색하게 느껴진다. 나보다 양호실 침대를 먼저 차지하고 있던 햇살을 밀치고 내가 눕는다. 햇살은 침대가 좋은 건지 나갈 생각 따윈 하지 않고 내 위로 웅크리듯 따사롭게 쏟아진다. 이런 평화로운 시간이 계속된다면 좋을 텐데, 라고 마음속으로 바란다. 잠에 빠져들기 위해 눈을 감아본다. 곧 잠들 수 있을 거라고 생각했는데 잠이 오지 않는다. 찰칵. 양호실 문이 열리는 소리가 들린다. 누군가가 들어오는 기척에 감았던 눈을 떠본다. 내가 누워 있는 침대 곁에 누군가가 서 있다. 햇빛을 등지고 있는 누군가의 얼굴은 검은 그림자가 드리워져 누구인지 알 수 없다. 그 사람의 갈색 웨이브진 머리가 어깨를 타고 흘러내린다. 그녀가 손을 뻗어 내 머리 위에 얹어 놓는다. 순간 정말 얼음장 같은 그녀의 손 때문에 깜짝 놀란다. 열이 있구나. 한숨 푹 자고 일어나렴. 포근한 그녀의 목소리에 나는 다시 잠이 든다.

나 열이 있었구나. 그래,

자고 일어나면 괜찮을 거야. 다 괜찮을 것 같아.

* * *

My mother was of the sky

어머니는 하늘의 것이었고

My father was of the earth

아버지는 대지의 것이었지

But I am of the universe

하지만 나는 우주의 것

And you know what it's worth

나의 가치는 네가 알고 있잖아

* * *

"이효신~ 자냐? 야야, 일어나 봐."

누군가가 깨우는 소리에 눈을 뜬다. 현우다. 현우는 나를 깨우면서 책을 한 권 펴서 내민다. 그녀의 손가락이 가리키고 있는 문단을 읽어본다.

나는 언제나 자고 싶다. 밥을 먹을 때도, 친구들과 대화하는 그 시간에도, 책을 읽는 그 시간에도. 나는 우울할 때도 자고 싶다. 그렇게 오랫동안 나는 잠에 취해 있었다. 그리고 마침내 나는 깨달았다. 잠이란 곧, 죽고 싶다는 의지의 표현이라는 것을. 그러나 나는 죽고 싶다고 말하지 않는다. 그저 자고 싶을 뿐이다.

"이게 뭐야?"

현우에게 책을 건네주며 묻는다. 현우는 빙긋 웃으며 대답한다.

"도서관에서 빌려온 책이야."

"이걸 왜 나한테 주는 건데?"

나는 그녀의 대답이 마음에 들지 않아 따지듯이 묻는다. 마음 한구석에서는 무엇인가가 불안해진다.

"그럴 아직도 모르겠니? 책 앞표지를 봤니?"

* * *

I'm lonely wanna die

나는 외로워 죽고 싶어

If I ain't dead already

내가 아직 죽지 않았다면

Ooh girl you know the reason why

그래, 너는 그 이유를 알테지

* * *

「유서」 — 이효신

고풍스러운 글씨체로 제목이 씌어져 있는 책 앞표지에는 이효신이라는 이름과 유서라는 책 제목이 쓰여 있었다. 나는 놀라 책을 떨어뜨렸다. 나는 이런 것을 쓴 적이 없다. 겨우 고등학생인 내가 책을 냈을 리 없잖아. 책을 낸 적은 한 번도 없어. 라고 생각하며 현우를 쳐다본다. 현우는 빙긋 웃는다. 그리고 입을 연다.

"지금 알았어. 네가 죽어버린 사람이라는 것을."

* * *

The eagle picks my eye
독수리가 내 눈을 쪼아대고
The worm he licks my bone
벌레가 내 뼈를 아
I feel so suicidal
나는 정말 자살하고 싶어

* * *

내가 죽었다고? 말 같지도 않은 소리를 하는 현우를 바라본다. 현우는 빙긋이 웃으며 서서히 사라진다. 뭐야, 이거. 그래 이건 꿈이구나, 라고 생각한다. 끔찍한 악몽. 이렇게 끔찍한 악몽을 꾸느니 차라리 죽어버리는 게 좋을지도 모르겠다. 또각거리는 구두소리가 들리더니, 문이 열리는 소리가 들린다. 아까 그 얼음장 같은 손을 지녔던 그 여자다. 갈색의 웨이브진 긴 머리가 하늘거린다. 그녀는 나를 향해 조소를 보낸다.

"꿈은 끝났니?"

무슨 소리인지 몰라 그녀를 뚫어지게 쳐다본다. 그녀는 큭큭 조그마하게 나를 비웃는다.

"아직도 꿈이 끝나지 않았나 보네? 너는 죽었어. 그리고 이건 죽어버린 너의 꿈속이고."

* * *

Just like Dylan's Mr. Jones

마치 딜런의 Mr. Jones처럼

Lonely wanna die

외롭게 죽고 싶어

If I ain't dead already

만약 내가 죽지 않았다면

Ooh girl you know the reason why

너는 그 이유를 알거야

* * *

"꿈이죠? 그런 거죠? 그럴 줄 알았어요. 너무 생생해서 정말, 끔찍해요. 악몽이에요. 얼른 꿈에서 깨고 싶어요."

횡설수설 생각나는 대로 내뱉어버리는 내 모습이 우스웠던지 그녀는 이제 대놓고 웃는다. 하하하하하하하하. 그녀의 웃음이 굉장히 잔인하게 들려온다.

그래, 꿈이란다. 너의 꿈 속이지. 죽어버린 너의.

* * *

Black cloud crossed my mind

검은 구름이 내 마음을 지나고

Blue mist round my soul

푸른 안개가 내 영혼 주변에 맴돌아

Feel so suicidal

정말 죽고 싶어

Even hate my rock and roll

나의 락마저도 증오해

Wanna die yeah wanna die

나는 죽고 싶어 그래 죽고 싶어

* * *

눈을 떴다. 나는 이마에 맺혀 있는 땀방울을 손등으로 훔치며 한숨을 쉬었다. 정말로 끔찍한 꿈이었다. 몸을 일으켰다. 교실은 텅 비어 있었다. 그러고 보니 아까 점심 먹고 잠들었던 생각났다. 벌떡 일어나 창밖을 바라본다. 창밖에는 어둠이 서려 있었고, 교실에는 한기가 맴돌았다. 나는 바삐 손을 놀려 가방을 메고 교실을 나서려고 했다. 그때 교실 밖의 복도에서 구두소리가 들렸다. 또각또각. 꿈속에서 들었던 그 여자의 발소리와 똑같다. 나는 불안해져서 교실을 바삐 나섰다. 교실을 나서는 순간 누군가와 마주쳤다. 그녀다.

"이효신, 어디 가니? 이제 슬슬 가야 하지 않겠니?"

"내가? 어디로?"

그녀는 잔인하게 웃으며 대답했다.

"죽은 사람들이 가는 그 곳으로."

그녀의 말이 끝나자마자 내 몸이 점점 투명해지더니 사라져 간다. 소리 지르는 내 모습을 보며 그녀는 더욱 잔인하게 웃는다. 하하하하하하… 하하하하하하… 잘 가렴. 명복을 빌게.

* * *

If I ain't dead already

아직 내가 죽지 않았다면

Ooh girl you know the reason why

너는 그 이유를 알 거야

(Beatles - Yer Blues)

* * *

… 그래, 나는 이미 죽어 버렸는 걸.

빼로빼로 사람들

이수련 | 고1

뻬로뻬로 별에 사는 노팅겔 씨. 그는 요즘 시장가 우주벌레구이 전문점 옆에 자리 잡고 있는 해파리꽃가게의 메리 씨에게 대시하고 있습니다. 노팅겔 씨는 앞가르마를 이대 팔로 가른 아주 느끼하게 생긴 뻬로뻬로 별 성인입니다. 구식 갤러리 3호 차를 타고 다니면서 아가씨들에게 집적거리는 호색한이지만 그래도 이번에 마음에 든 메리 씨에게는 진심인 것 같습니다.

"헤이, 메리 씨!"

"안녕하세요, 노팅겔 씨. 오늘 또 오셨네요?"

"아아, 오늘은 노란 해파리 두 송이만 주겠어?"

"누군지 참 좋겠어요."

"응?"

"노팅겔 씨에게 매일매일 이렇게 해파리 선물을 받으시는 여성분은요."

한낮의 태양처럼 밝고 풋풋한 과일처럼 싱그럽게 말하는 메리 씨는 정말이지 뻬로뻬로 별에서도 알아주는 미녀입니다. 동네 총각들은 너나 할 것 없이 메리 씨에게 치근대지만 메리 씨는 언제나 공손하고 부드러운 말로 거절하곤 합니다. 마음에 두고 있는 남성분이라도 있는 걸까요? 너무 꿋꿋한 메리 씨의 모습에 가끔 저 질긴 노팅겔 씨도 의욕을 잃는답니다.

"하하, 부러워?"

"그럼요. 여자라면 누구나 해파리 선물을 좋아하잖아요."

"그렇다면 메리 씨가 받아주지 않겠어?"

"네?"

"이 노란 해파리 말이야."

진지한가 싶었더니 금세 씨익 이를 내밀면서 느끼하게 웃는 노팅겔 씨. 그를 보면서 메리 씨는 지금 무슨 생각을 하고 있는 걸까요? 메리 씨는 곰곰이 생각하는 듯싶더니 진지한 얼굴로 노팅겔 씨에게 말합니다.

"좋아요. 받겠어요."

"저, 정말?"

진담 반 농담 반으로 한 얘기인데 메리 씨는 노팅겔 씨에게 의외의 대답을 합니다. 노팅겔 씨는 정말 메리 씨가 자신의 해파리를 받아줄지 몰랐다는 듯 작고 째진 눈을 동그랗게 떴습니다. 마치 그 모습이 단추가 단추 구멍을 빠져나오는 모습 같아서 메리 씨는 작게 웃고 말았습니다.

"대신 이 해파리, 제가 다시 되팔아도 되죠?"

"예?"

"긍정의 대답으로 알아듣고 감사히 받겠습니다."

아아, 상냥한 메리 씨. 메리 씨는 예쁘기만 한 것이 아니라 대장부처럼 통도 큰 모양입니다. 남자에게 받은 해파리를 다시 되팔 수 있을 만큼 말이에요.

노팅겔 씨는 완전히 실망한 표정으로 눈물을 흩날리며 (어쩌면 뿌리면서가 더 정확한 표현일지도 몰라요) '메리 씨, 너무해!' 하고는 달려갔습니다. 역시 메리 씨는 메리 씨입니다. 남자, 그것도 시답잖은 남자가 주는 해파리 따위 받아줄 리가 없어요. 강적이에요. 느끼하지만 친절하고 매너도 좋은 노팅겔 씨가 이럴 때만은 안쓰럽기도 합니다만 그래도 메리 씨는 뭐가 그렇게 좋은지 연신 싱글벙글.

"아, 노팅겔 씨."

노팅겔 씨가 사라진 곳으로 시선을 고정시킨 메리 씨의 모습이 심상치가 않습니다. 설마 메리 씨는 노팅겔 씨를 마음에 담아두었던 걸까요?

"내일도 와 주시려나? 덕분에 요즘 해파리가 정말 잘 팔렸는데."

메리 씨는 나쁜 게 아니에요. 그저 장사 수완이 좋을 뿐이에요. 하루가 이렇게 또 지나갑니다. 또 어떤 남자가 메리 씨에게 대시할지는 아무도 모릅니다. 하지만 제가 장담할 수 있는 건 누가 대시하던 간에 결국은 상처입고 도망갈 것이란 것뿐이죠. 삐로삐로 별의 메리 씨는 예쁘고 상냥하지만 가끔 무섭답니다. 그래도 메리 씨의 인기는 항상 최고도를 달립니다. 메리 씨의 크고 가만 흑요석 같은 촉촉한 눈, 작고 붉은 석류 같은 입술, 만지면 녹아 내려 버릴 것만 같은 갈색 긴 생머리.

메리 씨는 아주 똑똑한 여자입니다. 자신이 얼마만큼 아름다운지, 자신의 가치가 어느 정도인지를 아주 잘 알고 있거든요. 이 세상에서 자신의 가치를 알고 있는 여자만큼 영악한 여자는 없습니다. 그래도 메리 씨는 아름답고 상냥합니다. 역시 메리 씨는 강적이에요.

"메리 씨, 안녕하세요!"

멜론멜론 씨에요. 그는 최근 옆 동네에서 흥행이 예감되는 영화를 제작하고 있는 감독입니다. 노팅겔 씨와 마찬가지로 메리 씨에게 적극적으로 대시하고 있는 뻬로뻬로 별 사람들 중 하나랍니다. 훌륭한 영화를 많이 찍어 유명하고 동시에 여자소문이 안 좋아 여자들이 기피하는 남자지요. 그런 형편없는 남자지만 그래도 메리 씨는 친절히 대해줍니다. 왜냐하면 메리 씨에게 남자는 남자이기 전에 손님이거든요.

"어머, 멜론멜론 씨. 오늘도 오셨어요?"

"네. 오늘은 빨간 망둥이 열 송이만 주시겠어요?"

"호호, 참 좋겠어요."

"네?"

"멜론멜론 씨에게 매주 이렇게 선물을 받는 분 말이에요."

"아, 히히히, 그렇겠죠?"

어디서 많이 봤던 패턴입니다. 하지만 메리 씨도 멜론멜론 씨도 그런 건 아무도 신경 쓰고 있지 않는 것 같습니다.

그때였습니다. 그 순간 누군가가 바보처럼 헤벌쭉 해져서 웃고 있는 멜론멜론 씨를 팍 밀쳐냈습니다.

"메리 처자, 오랜만이구먼."

"어머나. 밥티스트 씨. 오랜만이네요."

"아, 내가 요즘 현장 일로 바쁜 바람에 자주 한동안 들리지 못했다는 거 아니야. 섭섭했더라지?"

"그럼요. 밥티스트 씨의 턱수염이 눈앞에서 어른거릴 정도였다니까요?"

"하하하, 이 처자 농담이 더 늘었구먼?"

농담을 주고받는 메리 씨와 밥티스트 씨. 두 사람의 허물없어 뵈는 모습에 멜론멜론 씨는 배알이 꼬였는지 '질투'라는 젊음의 혈기가 울컥울컥 밀려오는 것을 느꼈어요.

"하얀 전갱어, 한 다발만 줘 봐."

"어머, 그렇게나 많이요?"

"메리 처자를 위한 건데 시답잖은 꽃 한두 송이만 살 수 있겠어?"

밥티스트 씨는 누군가를 겨냥한 것처럼 톡 쏘아붙였는데 멜론멜론 씨는 질투에 눈이 먼 나머지 밥티스트 씨의 도발에 넘어가 버렸어요.

"메리 씨! 전 빨간 망둥이 백 송이만 주세요."

"뭐여, 이 허여멀건한 놈은. 난 하얀 전갱어 이백 송이만 줘."

"이익, 그럼 난 빨간 망둥이 삼백, 아니 사백 송이를 줘요!"

"메리 처자, 처자네 가게에서 파는 하얀 전갱어를 모두 나에게 파는 게 어때?"

"으아아악!! 전 이 가게에 있는 꽃을 모두 사겠어요!"

어느 새 메리 씨는 뒷전에 두고 두 사람은 누가 더 꽃을 많이 사나 경쟁이 붙었는지 정말 살 건지도 명확하지 않으면서 점점 요구하는 꽃의 수는 많아졌습니다. 그래도 메리 씨는 뭐가 그리 좋은지 싱글벙글. 이게 바로 있는 자의 여유란 걸까요?

"오늘도 장사가 너무 잘 돼서 메리는 너무 기뻐요. 호호호호."

눈물을 흘리며 도망간 우주벌레구이 전문점 노팅겔 씨 반가워요. 가게에 있는 꽃을 모두 사준다는 다혈질 멜론멜론 씨도 반가워요. 턱수염이 매력적이고 가게에 있는 하얀 전갱어를 모두 사주신 공사현장 밥티스트 씨도 반가워요. 받은 선물은 항상 다시 되팔아버리는 수완가 메리 씨도 반가워요.

뻬로뻬로 별 사람들. 이제 날이 저물어가네요. 곧 저녁이랍니다. 잠을 자야겠죠? 내일은 또 어떤 해프닝이 우리를 즐겁게 해줄까요? 노팅겔 씨가 또 구식 갤러리 3호 차를 타고 올지도 모르고, 멜론멜론 씨나 밥티스트 씨 말고도 뻬로뻬로 별의 다른 남자 성인들이 메리 씨의 가게에 들를지도 몰라요. 메리 씨는 매력 있는 여자니까요. 뭐, 아무래도 상관없겠죠. 메리 씨는 시답잖은 남자는 거들떠보지도 않으니까, 내일 일은 내일 가서 생각하면 되겠죠. 내일도 메리 씨의 장사가 잘 되길 빌며, 여러분, 안녕히 주무세요!

폐어 肺漁

○○○

숨이 막혔다. 나는 어렸을 때부터 자주 호흡 곤란을 호소했다. 이따금 은연 중에도 늘 목이 졸리고 있다고 믿었다. 나는 타인에 의해 산소가 결여된 채 자랐기 때문에 이렇게 왜소할 수밖에 없다고 생각했다.

왜소한 건 어디에서든지 도태됐다. 먹이사슬만 봐도 그랬다. 설치류나 작은 양서류는 다른 짐승들의 먹이가 됐다. 가령 자그마한 고양이도 설치류 꼬리를 물고 삼키곤 했다. 볼품없는 설치류도 어떤 짐승에게는 상위 포식자였다. 하물며 벼룩이나 바퀴벌레도 어떤 짐승에게는 상위 포식자에 속했다. 먹이사슬처럼 얽힌 사회 관계 속에서, 나는 아주 미미한 플랑크톤에도 미치지 못 한다는 것을 고작 여덟 해를 살았을 때 깨달았다.

아이들은 나를 멸시했다. 그 까닭은 왜소한 몸 때문이라고 늘 믿었다. 밀폐된 교실 속에서 가맣게 들어찬 눈들이 나를 바라봤다. 이따금 곡선을 그리고 휘어졌고, 나는 그럴 때마다 숨이 막혔다. 나는 손끝을 바라보며 뒷목이 뻐근해 질 때까지 고개를 숙였다. 나는 물 속에 사는 플랑크톤이라서 육지에 적응하려면 많은 시간이 걸리나 보다. 나는 공벌레보다 몸을 둥글게 만 채 늘 하루가 저물기를 기다렸다. 물론 그 무수한 시간들 속에서 아이들에게 모든 것을 억압받았다. 아이들은 정돈되지 않은 내 머리카락부터 시작해 때가 탄 내 옷가지를. 마지막으로는 내 존재를 조롱했다.

나는 그렇게 반 년을 보냈다. 운동장에서 교장 선생님 훈화 말씀을 듣다가 얼어버린 코는 자오선을 지나가는 해에 녹아 노랗게 빛났다. 나는 노랗게 달뜬 코를 부여잡고 집으로 향했다. 나는 코가 녹는 시간을 기다리며 엄마에게 이런저런 이야기를 했다. 엄마는 내 모든 이야기를 듣고도 덤덤해 했다. 내 자리에 죽은 쥐가 놓여 있던 것을 듣고도 놀라지 않았고, 누가 내 머리에 지우개똥을 버렸다는 것을 듣고도 나를 위로해 주지 않았다.

나는 자연스레 돌아누운 엄마의 등을 보고 이야기를 하는 게 익숙해졌다. 엄마는 이따금 "그래, 그랬구나."하고 대답해 주셨다. 그럴 때마다 들숨을 따라 크게 부푸는 어깨가 여전히 왜소했다. 내 왜소함은 엄마에게 물려받은 거구나. 엄마와 나는 플랑크톤이었고, 이곳은 열 평 남짓한 어항 속이라고 나는 생각했다. 사실 엄마도 숨이 차서, 호흡 같이 겨우 내 말에 대꾸해 준 게 아닐까.

그래도 나는 엄마가 밉지는 않았다. 학교에서 아무 말도 못 하는 내가 마음속에 응어리로 남겨둔 세상을 겨우 표출해내기 때문이었다. 나는 그렇게 겨우 하루를 연명했다. 아마 엄마가 아니었더라면, 나는 이 세상에 존재하지 못 했을 거다. 아니면 존재 이후에 몸 속 가득히 차오른 세상에 배가 불러 죽었을 거다.

나는 오늘도 왜소한 엄마의 등을 바라보며 말했다. 엄마는 천천히 몸을 일으켜 나를 반겼다. 엄마는 내게 다 굳은 밥을 차려줄 때야 몸을 일으키곤 했다. 엄마는 나와 마주앉아 밥 대신 약을 삼켰다. 엄마는 하루마다 더 야위어갔다. 늙어서 생긴 주름이 아니라, 근육 없이 마른 몸이 탄력 없이 늘어져 볼품 없는 모양새였다. 엄마는 나를 마주하고 앉아 위태롭게 호흡했다.

"미녕아, 엄마가 많이 밉지."

그리고 내 어깨를 감싸안고 말했다. 나는 단번에 아니라고 답할 수가 없었다. 나는 이제야 아빠가 없다는 조롱에 익숙해졌고, 엄마를 받아들였다. 나는 여태껏 아빠가 없다는 조롱에 부끄러웠던 만큼 엄마를 미워했다. 왜소한 엄마가 미웠고, 왜소한 나를 만들어 낸 아빠는 더 미웠다. 나는 엄마의 물음에 무수히 수놓은 생각을 접은 채 겨우 답을 했다.

"아니."

"엄마는 미녕이를 미워했어. 미녕이가 걸음마를 뗄 때까지도 미웠어."

"엄마, 약이 다 떨어졌어?"

그럼에도 엄마는 그다지도 슬픈 말을 했다. 엄마는 선웃음을 지으며 나를 미워했다고 말했다. 내가 엄마 뱃속에 자리를 잡았을 때, 엄마는 세상이 무너진 것 같았다고 했다. 왜소한 몸속에 자리 잡은 왜소한 나를 저주하며 스스로 배를 졸랐다고 했다. 그럴 때마다 나는 더 크게 자라서, 엄마에게 맛있는 것을 먹어달라고 발로 배를 찼다고. 엄마는 울면서 음식을 먹고 토하길 반복하고 나는 더 필사적으로 엄마한테 매달렸다고 했다.

나는 미숙아였다. 양수에 오래 머물렀던 탓에 쪼글쪼글했던 내 모습을 보고 핏덩이 같아 엄마는 나를 안는 대신에 헛구역질을 했다고 말했다. 그리고 이따금 우는 나를 침대에 던지며 제발 잠을 자라고 소리를 질렀다고 했다. 나는 전혀 기억이 나지 않는 행위들이었다. 나는 그래서 어릴 때부터 일찍이 응석부리는 방법을 잊었을지도 몰랐다.

엄마는 이따금 호흡곤란을 호소하는 내게 꼭 말해주고 싶었다는 사실이라고 덧붙였다. 내가 자주 호흡이 결여되는 이유는 엄마의 살인 미수로부터 비롯된 일이었다고. 나는 그 말을 듣고도 덤덤하게 물었다.

“엄마가 먹는 약 많이 비싼 거야?”

엄마가 웃었으면 좋겠다. 나는 엄마가 약을 먹고 웃었으면 좋겠다고 생각해 몸을 일으켜 약통을 찾았다. 어디에도 보이지 않았다. 엄마는 대체 며칠 동안 약을 드시지 않은 걸까. 나는 여전히 잠들지 못하는 엄마의 왜소한 등을 보며 누웠다. 엄마는 열평 남짓한 어항 속으로 들이차는 달빛을 고서 하염없이 바라보고 있었다.

나는 경사진 동네를 뛰어 올랐다. 울컥 눈물이 날 것 같아서 그랬기 때문이었다. 눈물도 엄마 앞에서 토해내는 게 훨씬 나았다. 그럼 엄마가 얄팍한 동정심에 이곳에 더 오래 머물 거라는 생각에 그랬다. 나는 다 녹슨 문을 열고 눈을 감았다. 속에서 회오리치던 감정이 치달아 눈물이 쏟아져 내렸다. 귓불이 뜨거워질 때 쯤 눈을 떴다. 늘 등을 보이고 누워있던 엄마는 사실 플랑크톤이 아니었을지도 몰랐다. 플랑크톤이 아니라, 어떤 조류였다는 듯 엄마는 공중에 떠 있었다. 바람을 따라 그저 흔들리며 엄마는 비행을 멈출 생각을 하지 않았다.

고작 여덟 살이었다. 나는 여덟 살에 새가 된 엄마를 바라봤다. 엄마는 플랑크톤 같은 미미한 나를 남겨두고 날아가 버렸다.

이윽고 우리만 살던 어항에 누군가 들이닥쳤다. 낯선 남자가 멀끔히 서 있는 내 옆으로 주저앉았다. 엄마보다는 나이가 많아 보이는 얼굴이었다. 남자는 익숙한 듯 욕을 내뱉고 주춤주춤 몸을 일으켰다. 그리고 내 어깨를 감싸 쥐었다. 이마에 핏줄이 툭, 불거진 험악한 얼굴이었다. 남자는 곧 내 어깨를 감싸 쥐었던 손 하나를 들어 내 왼뺨을 투박하게 내리쳤다. 달아올라있던 귓불이 터질 것만 같았다.

남자는 숨을 몇 번 몰아쉬더니 곧 내 등을 끌어안았다. 남자가 우는지, 화가 났는지도 모르게 남자는 거친 숨을 내쉬며 나를 으스러지게 안았다. 나도 엄마처럼 날고 싶은데, 이렇게 몸이 다 부서져 버리는구나. 생각보다, 간헐적인 호흡 곤란보다 아프지는 않았다.

남자는 나를 데려갔다. 으리으리한 정원을 지나 집안으로 들어가니, 빛이 투과하는 곳에 벽면을 꽉 채울 만큼 커다란 수조가 있었다. 거기에는 길쭉한 물고기 두 마리가 유려하게 헤엄치고 있었다. 나는 이끌린 듯 그 앞으로 걸어갔고, 남자는 뒤에 멀뚱히 서 있었다. 고작 열 평 남짓 했던 우리 집보다 훨씬 크고, 예쁜 수조도 있었다. 고작 다 굳어가는 밥이 있던 어항과 달리 수조에는 푸른 수초도 있었다. 나는 넋이 나가 그 앞에 고개를 들고 투명한 수조를 응시했다.

거무튀튀한 물고기는 멀뚱히 나를 바라보며 헤엄쳤다. 어느 물고기처럼 화려한 지느러미도 없었고, 그렇다고 해서 꼬리가 예쁜 모양으로 빼어난 것도 아니었다. 어느 식용 물고기 같은 모양새였고, 어쩌면 그보다 더 볼품 없을지도 몰랐다.

"폐어야."

앳된 목소리에 수조를 향하던 시선을 옮겼다. 나와 키가 비슷한 여자애가 내 옆에서 말했다. 노랗다고 말할 수 있을 정도로 희멀건 나와 달리 그 애는 화사하게 허옜다. 그 애는 나처럼 수조를 올려다보며 덧붙였다.

"왜, 마음에 들어?"

"응."

그 애의 물음에 나는 이끌린 듯 답했다. 그러자 그 애는 볼멘 소리로 말했다.

"나는 별로야. 예쁜 물고기가 있었으면 좋겠어."

나는 그 애의 말을 들으며 고개를 돌려 다시 폐어를 올려다 봤다. 폐어 역시 나를 응시하며 헤엄치고 있었다. 이방인을 보는 눈빛이었다. 내 얼굴을 기억하려는 듯 큰 수조 속을 헤엄치며 나를 멀끔히 바라봤다.

"당신은 뭐 한다고 저 애를 데려와요?"

"……."

폐어는 나를 견제하고 있었을지도 몰랐다. 폐어마저 나를 이방인으로 생각하고 있는 집 안에서, 오로지 그 애만 나를 받아들였다. 그 애는 전혀 다른 세상에서 살고 있던 형제인 나를 이해했다. 그 애와 나는 고작 희멀건 피부만 닮았고, 같은 학교에 다니고 있다는 것 외에 공통점이라곤 찾아볼 수 없었다.

늘 모진 새엄마에게 익숙해 질 때 쯤 나는 미지수를 배울 나이가 됐다. 새엄마는 내 면전에 대고 새가 된 엄마를 힐난했다. 나는 여전히 최하위에 속한 플랑크톤이었기 때문이었다. 그녀는 새가 된 엄마가 이 세상을 영악하게 살았고, 그것을 이겨낼 만큼 강하지 못했다고 했다. 학비를 위해서 유부남을 만날 영악함은 있으면서도 결과를 버텨낼 뻔뻔함은 없었냐며 비웃었다. 힐난은

곧 나에 대한 조롱으로 귀결됐다.

생각보다 아빠라는 남자는 모질지 않았다. 덜컥 내 뺨을 때렸던 이유는 일말의 죄책감과 이런 상황까지 야기한 자신에 대한 증오가 휘몰아쳐 그랬다고 했다. 그리고 하염없이 울고 있는 내가 무슨 죄가 있을까 싶어 끌어안고 분노인지, 슬픔인지 모를 숨을 한움큼 게워냈다고 말했다. 나는 호흡 곤란에 시달렸고 아빠는 호흡 과다에 시달렸다. 나는 집 한편에 크게 자리 잡은 수조를 보면서도 이따금 결여된 산소를 마시느라 폐가 아팠다.

아빠는 내가 미지수를 배울 나이를 기다렸다는 듯 폐어에 대한 이야기를 꺼냈다. 폐어(肺魚)는 이름 그대로 폐로 호흡하는 물고기다. 맑은 물에 살다가 물이 흐려지거나, 더 이상 자신이 살만한 환경이 되지 않는다고 느껴지면 뭍으로 스스로 들어간다. 그리고 그 속에서 다시 자신이 살 수 있을 환경이 될 때까지 기다리며 몇 년은 폐로 호흡하고 지낸다. 아빠는 이 사실을 설명하며 자신이 폐어를 사랑하는 이유를 말했다. 거무튀튀하고 볼품없음에도 폐어의 고유한 특성이 성숙하다는 것이었다.

"……나는 이제 용서하는 것마저 지쳤어요."

나는 그렇게 말하고 몸을 일으켰다. 새엄마도, 그 애도 없는 집안은 아주 적요했다. 수조 속에서 부드럽게 헤엄치는 폐어나, 호흡 과다에 시달리느라 호흡을 다듬는 아빠의 숨소리는 모두 적요라는 단어로 형용할 수 있었다. 아빠는 내 말에 고개를 숙이고 팔목을 잡아 다리를 고정시켰다. 한동안은 그러고 계셨다.

미지수를 배우는 나이는 폐어의 성숙한 특성을 이해할 수 있는 나이인가 보다. 나를 따돌렸던 아이들은 이제 나를 따돌릴 시간조차 없어 보였다. 나를 따돌릴 시간에 영어 단어를 외우거나 공식을 외우는 게 더 효율적이라고 느꼈을 거다. 일말의 관심에서조차 배제된 나는 곧 세상에서 도태됐다는 느낌을 받았다. 애초부터 내가 소속될 세상이 없었을지도 몰랐다. 나는 본디 플랑크톤이었고, 어항 속에서 자라왔기 때문이었다.

그리고 내가 이렇게 자란 만큼 오래 산 폐어는 어느 날 뭍으로 파고들어간 뒤 나오지 않았다. 투명한 수조 밖에서 뭍에 화석처럼 웅크린 폐어가 호흡하는 모습이 보였다.

폐어가 뭍에 들어가 호흡하며 웅크린 몸을 팽창시키는 모습이 꼭 나와 같다고 말한 아빠였다. 내가 성장기를 겪는 폐어와 같다고 말했다. 지금 나는 뭍으로 파고들어가 내가 찬란하게 헤엄칠 맑은 강을 기다리고 있노라고, 본디 나는 폐어였다고 덧붙였다. 플랑크톤인 내가 폐어가 되어 맑은 물을 기다리는 동안 나와 같은 피가 흐르는 그 애와도 멀어졌다. 세상으로부터 도태됨과 함께 그 애와 멀어지는 건 조금 마음이 아팠다.

어스름한 빛이 들어오는 밤이었다. 나는 하루 일과를 마치고 집에 들어왔다. 수조는 어스름한 빛이 투과되어 영롱하게 빛나고 있었다. 늘 물 속에 파고들어 숨을 쉬던 폐어는 수조 속을 헤엄쳤다. 폐어가 헤엄칠 때마다 빨간 잉크가 너울댔다. 수조 속은 순식간에 빨갛고 탁하게 물들었고, 빨간 잉크를 흩뿌리며 헤엄치던 폐어는 곧장 뭍으로 파고들었다.

나는 커다란 수조 앞에서 빨간 잉크가 확산되는 일련의 과정을 지켜봤다. 폐어는 뭍으로 들어간 뒤 보이지가 않았다. 죽었을까? 아마도 죽었겠지. 늘 그랬듯 뭍 속에서 몇 년이고 사는 폐어는 갑자기 왜 죽었을까. 물고기가 원래 몇 십 년은 살지 못했던가. 폐어를 품에 담고 살던 나는 그것조차 알아보지 못할 정도로 너무 인색해져 있었다.

아빠는 폐어가 죽은 뒤로 확연히 말수가 줄었다. 늘 폐어의 성숙함에 대해 논하던 아빠는 묵묵히 수조를 정리했다. 가장 먼저 호수로 빨갛게 물든 물을 빼냈다. 그 과정은 마치 태풍을 보는 것 같았다. 순식간에 물이 빠지면서 생기는 태풍의 눈이 폐어가 숨어들어간 뭍을 파헤쳐 놓았다.

물은 거실을 잠식할 정도로 많다고 생각했다. 아빠는 핏물이 반쯤 찬 마지막 약수통 뚜껑을 닫고 일어났다. 두 손에 각각 약수통 한 개를 들고 밖으로 나갔다. 아빠는 구태여 수조를 정리하는 일에 늦장을 부리고 계신 것 같았다. 약수통을 들고 물을 비운다는 명목 하에 집을 꽤 오랫동안 비웠다. 새엄마는 이에 나를 쏘아보며 또 다른 여자에게 추파를 던지는 건 아니냐고 혼잣말을 했다. 새엄마가 그렇게 말할 때마다 나는 종종 스스로 존재의 이유에 대해 잊곤 했다. 그녀가 왜 그런 말로 나를 쏘아 붙이는지, 나는 왜 굳이 이곳에서 버티고 있는지, 아니, 애초에 왜 아빠는 그리도 젊은 여자를 탐했는지. 그리고 왜 나한테 그렇게도 다정한 건지.

나는 수 없이도 많은 상념에 몸을 물린 채 집을 뛰어 나가야 했다. 갈 곳도 없는 나는 꽤 오랫동안 도로 위를 전전했다. 지나가는 사람들을 보는 와중에도 노숙자보다 더 서글픈 인생을 산다고 생각하는 내가 너무 불쌍했다. 나는 왜 남들보다 비참하지 못 해 안달이 났을까. 스스로 세상에서 제일 비참하길 바라는 내가 너무도 비참한 밤이었다.

나는 다리 밑에 있는 강을 찾아가 하늘을 올려다봤다. 내 세상은 어항이었다. 어항 속에 자그마한 강이 났고, 하늘은 파랗게 떠 있었다. 엄마는 이 어항 속에서 살다가 호흡 곤란으로 죽을 것을 알기에 지느러미로 날아올랐다. 하지만 날갯짓을 할 수가 없어 떠오르다가 말았다. 그냥, 작은 관상어가 배를 뒤집고 수면 위로 떠오른 모습이라 외려 내 배가 더 아파 왔다.

아빠는 차례대로 약수통을 들고 왔다. 아빠는 수조 속에 물을 비우는 데에만 사흘이 걸렸다. 새엄마는 그 사이에서 제 배로 난 자식을 감싸기에 바빴다. 그 애는 새엄마의 굴레 속에서 벗어나고 싶어 했다. 이따금 내게 자신도 호흡 곤란이 찾아온 것 같다고 말했다. 새엄마가 그 애가 숨이 막힐 정도로 호흡을 뺏었고, 급기야 새엄마는 아빠처럼 호흡 과다를 앓게 됐다.

호흡 과다에 걸린 물고기는 아가미가 아플 정도로 팽창해 움직였다. 입 역시 찢어질 정도로 벌렸다. 새엄마가 호흡하는 모습은 그렇게 보였다. 물속에 있는 미생물을 모두 잡아먹겠다는 의지로 입을 뻐끔댔다. 그랬기에 그 애의 호흡마저 갈취해 먹을 수 있던 것이었다.

아빠는 본래 호흡 과다를 앓고 계셨다. 아빠는 살기 위해서 수면까지 떠올라 처절하게 입을 뻐끔댔다. 어쩌면, 아빠는 새가 된 우리 엄마를 따라가기 위해 처절하게 수면까지 떠올라 호흡하고 있던 게 아닐까. 저 어항 위에는 도피처가 있나 보다. 가령 천국이나 극락 같은 것 말이다. 그래서 아빠도 자신의 호흡마저 뺏으려 하는 새엄마로부터 도피하기 위해 도피처로 우리 엄마를 선택했을지도 몰랐다.

아빠는 물을 비운 다음으로 죽은 폐어를 거둬냈다. 원래 거무튀튀했던 폐어는 완연한 회색으로 물들었다. 생기조차 찾아볼 수 없었고, 눅진한 무언가에 감싸져 있었다. 나는 폐어 시체를 보고 재가 됐다고 생각했다. 재가 아니라면 석고상이 되어 버렸거나. 나는 폐어 시체를 마주한 찰나에, 〈참회하는 막달라 마리아〉라는 그림을 생각했다.

전체적으로 노란 색감에, 막달라 마리아라는 여성은 자신의 몸을 감싼 채 허공을 응시하고 있었다. 나는 아주 잠깐 교과서에서 그 그림을 보고 엄마를 생각했다. 엄마는 심연 같은 어항 속에서 늘 수면으로 떠오르길 바랐다. 폐어가 잿빛으로 물든 것을 보고 그게 수조 밖으로 나가는 수단이구나 생각했다. 허공을 향한 동공은 꼭 그 작품을 연상케 했다.

아빠는 마지막으로 수초와 뭍을 정리했다. 수조를 정리하는데 어언 보름이라는 시간이 걸렸다. 그리고 아빠는 수조에서 폐어를 거둬 버렸듯이 나도 언제부턴가 아빠로부터 외면당했다. 미지수를 배우던 내가 이제 삼각함수 따위를 배우던 나이가 되던 때였다. 집에서, 정확히 말하자면 새엄마로부터 벗어나고 싶던 나는 기숙사가 필수인 학교로 진학을 했다. 물론 이 모든 결정은 새엄마의 굴레에서 벗어나려 일부러 타지로 진학한 그 애로부터 비롯된 것이기도 했다.

초등학교 입학식 때처럼, 내 코가 얼어가기 시작하는 겨울에 나는 얼마 되지 않는 짐을 챙겼다. 외투 몇 벌을 챙기고 나니 방은 텅 비어 버렸다. 나는 내 짐을 챙겨 나가며 마지막으로 아빠와 새엄마를 바라봤다. 아빠의 눈은 퍽 슬퍼 보였다. 새엄마는 끝까지 나를 바라보지 않았다. 외려 그게 더 다행이었다.

"뭍 밖을 조심하렴."

구태의연하게 잘 지내라는 인사가 아니었다. 폐어가 있던 큰 수조를 정리한 뒤로 아빠가 나를 보는 눈에 멸시가 차 있었다. 아마 내가 폐이와 이떤 상호관계를 가졌기 때문이 아닐까. 나는 이 찰나에는 아빠와 폐어는 불가해한 것이라고 생각했다.

"아빠는 내가 미웠나요."

안녕히 계세요. 라는 말을 내뱉었다. 아빠는 내 물음에 가벼이 웃었다.

"그런 적은 한 번도 없었단다."

나는 그제야 고개를 꾸벅 숙이고 집을 나섰다. 정확히 말하자면 뭍을 나선 것이었다. 어항 같던 내 세상 속에서 뭍은 아빠의 궤도 안이었다.

해가 자오선을 지나고 내 콧잔등은 여전히 얼어 있었다. 고등학생이 된 나는 드디어 호흡을 차분하게 할 수 있었다. 여태껏 내 불우한 어린 시절과, 어항 같은 세상 속에서 잠식됐던 이유는 호흡하는 방법을 몰랐기 때문이 아니었을까. 나를 은연중에 저주했던 엄마는 내게 호흡하는 방법을 알려줄 여유도 없었다. 아니, 구태여 알려주지 않았을지도 몰랐다.

드디어 호흡하는 방법을 깨닫고 뭍을 나와 강으로 나온 나는 가장 먼저 동그랗고 작은 어항을 샀다. 그 뒤로는 놀이터에서 뭍이 될 모래를 어항 속에 가득 담았다. 수초가 될 것으로는 근처 풀을 뜯어 심었다. 마른 흙냄새가 나는 어항을 들고 그 속에 물을 가득히 채웠다. 모래에 꽂았던 풀은 수면 위로 너풀너풀 떠올랐다.

나는 다시 돌아온 열 평 남짓한 방에 흙탕물이 담긴 어항을 뒀다. 이곳은 완전히 나 혼자였다. 나더러 폐어라고 설명해주던 그 애도 없었고, 나를 질시하던 새엄마도 없었다. 그리고 덜컥 겁이 나 내 뺨을 무식하게 때린 아빠도 없었다. 엄마는 완전히 수조를 벗어나 지느러미로 하늘을 날았다.

나는 어항에 들어찬 흙탕물이 가라앉을 때까지 기다렸다. 자오선을 따라 해는 떠오르고 있었고, 얼었던 콧잔등도 다시금 녹기 시작했다.

흙탕물은 완전히 가라앉지 않았다. 여전히 미세한 모래가 헤엄치는 어항 속에 나는 폐어를 넣었다. 봉투에 담겨 있던 폐어는 어항에 머리가 닿자마자 미끄러지듯 그 속으로 들어갔다. 물은 다시 뿌옇게 모래가 일기 시작했고, 폐어는 뭍으로 파고들 생각조차 하지 않은 채 똬리를 틀기 시작했다.

나는 입학식 날까지 폐어를 바라봤다. 폐어가 몸서리쳐 노랗게 떴던 어항 속은 다시 내려앉아 맑아지기 시작했다. 그 속에서 똬리를 튼 폐어는 나를 이방인 보듯 멀끔히 바라보고 있었다. 질시가 차 있었다. 큰 수조 속을 노닐던 자신을 이렇게 작은 어항에 가둬 버린 내가 인색했을 거다. 나는 웅크려 앉은 채 폐어가 붉은 잉크를 뿜어내길 기다렸다. 폐어는 호흡에 결여된 것처럼 입을 빼끔대기 바빴다.

내가 엄마에게 수태됐을 때도 이런 모습이었을까. 죽이지 말라는 뜻을 담은 불쌍한 내 눈을 봐달라는 의미로 처절하게 살아 있었을까. 나는 작고 동그란 어항 속에 똬리를 튼 폐어를 끝내 이해할 수가 없었다. 아빠가 말한 성숙한 특성이 죽지 않겠노라 질시하는 눈이었을까. 어른인 아빠처럼, 폐어는 여전히 불가해한 것이었다.

나는 끝까지 붉은 잉크를 흩뿌리지 않는 폐어가 미웠다. 나는 충동적으로 어항 속을 헤집었다. 똬리를 튼 채 나를 보던 폐어는 제 몸이 꽉 끼는 어항에서 내 손을 피해 몸부림쳤다. 나는 아랫입술을 꾹 깨물고 폐어 머리를 잡아들었다. 폐어는 꿈틀대며 수면 위로 떠올랐고, 폐로 호흡하는지, 아가미로 호흡하는지도 모르는 채 긴 몸을 달싹이기 바빴다.

나는 폐어를 꾹 잡은 채 공급되던 산소를 차단했다. 폐어도 호흡곤란을 겪으며 주둥이를 느릿하게 끔벅이다가 질식사했다. 각혈하듯 입에서 붉은 잉크를 한아름 뿜어내는 폐어는 곧 아가미에서도 눅진한 잉크를 뿜어냈다. 붉은 잉크를 확인한 내 손에서 점점 힘이 빠졌다. 참았던 숨이 차올랐고, 며칠 전에 벗어났던 호흡 곤란을 대신해 나는 호흡 과다 증세를 보였다. 입술 틈새를 가르고 배회하기 바쁜 숨을 머금은 채, 어항 속에서 똬리를 틀었던 폐어처럼 몸을 웅크렸다. 무릎을 세워 앉아 팔로 다리를 감싼 모양새였다.

폐어가 붉은 잉크를 흩뿌린 이유는 더 이상 폐로 호흡할 수 없었기 때문이 아니었을까. 나는 손에 쥐고 있던 폐어를 다시 어항 속에 똬리를 틀어넣으며 생각했다. 나는 어항 속 폐어처럼 최대한 몸을 끌어안은 채 호흡했다. 슬프고 겁이 났다. 물고기가 익사하고, 질식사 하는 모습이 그간 봐 왔던 어른들의 모습과 비슷해서 그랬다. 염습실에 마주했던 익사는 수면 위로 떠오르기 위해 발버둥쳤던 엄마 같았고, 고의로 시킨 질식사는 타인에게 억압받는 아빠 같았다. 나는 아마도 어른이 될 수 없을 것 같았다. 폐어와 어른은 내게 여전히 불가해한 것이기 때문이었다.

방 속에는 붉은 잉크가 한 아름 너울대고 있었다.